AF417022

DE RÊVES & DE FERS

Les enquêtes surnaturelles du juge Pao

DU MÊME TRADUCTEUR & AUTEUR

Aux Presses de la Cité

Une famille explosive (roman), par Yan Ge, 2017.

Éditions Denoël

Hong Kong Noir (roman policier), par Chan Ho-kei (Hong Kong), 2016.

Chez You Feng, libraire & éditeur

Les valeurs essentielles de la civilisation chinoise (philosophie), Professeur Chen Lai de l'Université Qinghua. Bilingue. 2017.
La légende de Koxingua illustrée, bande dessinée traditionnelle chinoise, traduction bilingue, 2016.
Les martyrs des monts No-waang, bande dessinée traditionnelle chinoise, traduction bilingue, 2014.
Petit lexique français / chinois des onomatopées, interjections & autres bruits (法汉汉法象声词词汇), avec 600 exemples tirés de la littérature chinoise contemporaine, 2010.

Aux Éditions du non-agir

La maison de thé (théâtre), Lao She, 2017. Également en version bilingue.
La véridique histoire d'Ah Q (roman court), Lu Xun, 2015. Également en version bilingue.
Histoires anciennes, revisitées (nouvelles), Lu Xun, 2014.
Colporteurs des rues de Pékin, cris, bruits et produits (1936) (histoire, sociologie), Samuel V. Constant, 2014.
Divagations sur poèmes Tang (poésie Tang, traduite en français et en anglais), 2013.

Avertissements

CONTRAIREMENT AUX ROMANS très connus de Robert van Gulik mettant en scène le juge Ti, rédigés au XXe siècle par un Occidental pour des Occidentaux, les enquêtes du juge Pao ont été écrites il y a plusieurs centaines d'années, par des Chinois, pour des lecteurs chinois. Même si ces récits ont parfois directement inspiré van Gulik[1], le lecteur ne doit donc pas s'attendre à trouver ici des enquêtes répondant aux canons du roman policier occidental moderne, pas plus d'ailleurs que si d'hypothétiques contemporains de Rabelais avaient anticipé de deux ou trois siècles les premiers auteurs européens ou américains à s'être lancés dans ce genre.

Il (le lecteur) s'apercevra vite – et peut-être vaut-il mieux qu'il en soit prévenu d'emblée ! – que l'une des différences les plus notables entre la littérature « policière » traditionnelle chinoise et le « polar » moderne est que le mystère ne consiste pas en l'identité

---

[1] *Note du traducteur* : nous avons autant que possible évoqué les enquêtes du juge Ti inspirées par certaines des « versions originales », du juge Pao. Ces rappels figurent à chaque fois dans les notes de bas de page, plutôt vers la fin de chaque récit concerné, pour laisser aux amateurs de Ti la surprise de la « redécouverte » progressive de certaines enquêtes...

du coupable, mais en la manière dont celui-ci va être démasqué... et que celle-ci n'a pas forcément grand-chose à voir avec le réalisme.

Nous espérons néanmoins que cette approche inhabituelle sera compensée par le plaisir de la découverte d'étranges récits où le surnaturel le dispute au quotidien tellement humain, mais parfois sordide d'une civilisation aujourd'hui largement disparue...

*

Une explication s'impose : pourquoi le héros de ce recueil est-il appelé le juge *Pao*, plutôt que *Bao*, nom sous lequel le connaissent déjà certains fans d'histoires criminelles chinoises (*et en particulier les lecteurs des quelques ouvrages recensés dans la préface qui suit*) ? La raison en est simple. Contrairement à la plupart des ouvrages traitant de la Chine ou traduits du chinois, cette traduction n'utilise pas le système officiel de transcription « pinyin », en usage en République populaire de Chine. D'abord, parce que pour les non-initiés, le *pinyin* éloigne de la prononciation réelle plus qu'il n'en rapproche ; l'usage du plus traditionnel *Wade-Giles* permet une meilleure approximation sans initiation particulière. Ensuite et surtout, parce que le *Wade-Giles* donne une allure un peu « rétro », tout à fait bienvenue, au texte !

Le *pinyin* est en revanche utilisé dans la préface et dans les nombreuses notes, pour accompagner les caractères correspondants. Les noms et prénoms ont été traduits quand c'était possible, sinon laissés en chinois.

Préface

LE JUGE PAO EST UN personnage historique de la dynastie des Song du Nord (X^e au XIIe siècles), fonctionnaire incorruptible et impitoyable qui, après s'être élevé du rang de simple magistrat de district à celui de Censeur de la Cour impériale, aurait même plus tard servi comme juge dans un des tribunaux des Enfers… De son nom complet Pao Cheng (包拯, en pinyin *Bāo Zhĕng)*, il est né en 999 et n'a commencé sa carrière qu'en 1037, après des examens mandarinaux réussis tardivement et dix années de deuil pour la mort de son père. Dès sa mort en 1062, et peut-être même de son vivant, les conteurs s'emparent de sa réputation et la transforment peu à peu en légende.

Les récits ici traduits ont été réunis au tournant des XVIe et XVIIe siècles par un compilateur anonyme. Ils sont aujourd'hui disponibles sur le marché chinois, publiés en commun avec le roman original du juge Ti, sous le titre simple 包公案狄公案 « Les cas judiciaires du Juge Pao et du Juge Ti ». Mais le titre original en est 龍圖公案, soit « Les cas judiciaires du Juge 'Dessin du Dragon' ». L'auteur les avait très vraisemblablement « piratés » à partir d'innombrables versions antérieures ; la moitié environ correspond d'ailleurs à des enquêtes parues quelques années auparavant (1594) dans un autre recueil dont l'auteur est lui connu : 包龍圖百家公案 ou « Les cas judiciaires des Cent Familles jugés par le juge 'Dessin du Dragon' Pao », d'un certain An Yushi (« Cent Familles » désignant tout simplement le petit peuple chinois).

L'ambition du traducteur a été d'en offrir une version la plus proche possible de l'original, qui mêle langue vernaculaire de l'époque et portions de textes en langue très littéraire, fourmillant d'allusions historiques et culturelles. D'où le besoin de notes assez nombreuses pour ne pas trop affadir la saveur du texte chinois. D'où, aussi, un style volontairement suranné. La fidélité au texte ne s'étend cependant pas aux titres, sous-titres et intertitres qui ont tous été rajoutés et inventés par le traducteur, car les équivalents originaux chinois ont pour détestable (à nos yeux) habitude de dévoiler trop souvent le fin mot de l'histoire. Par ailleurs, il a fallu rajouter ou modifier une phrase ici ou là, afin d'éviter certaines transitions trop abruptes, caractéristiques de la forme du récit court quand le roman chinois se perd au contraire dans les détails, et s'ingénier à éviter certaines répétitions trop fréquentes, normales en chinois mais parfois gênantes en français.

*

Ces enquêtes (près d'une centaine en chinois dans chacun des deux recueils cités) sont loin d'avoir été toutes traduites en France. Cela ne signifie pas que le juge Pao soit inconnu des lecteurs français ; dès 1839, Théodore Pavie, l'un des premiers sinologues, en reprenait une dans un « Choix de contes et nouvelles » traditionnels chinois. En 1981 André Lévy, dans « Sept victimes pour un oiseau », présentait neuf histoires policières regroupant plusieurs détectives ou cas célèbres. Depuis 2005, Rebecca Peyrelon-Wang traduit aux Éditions You Feng les *Sept héros et cinq galants* (七侠五义, XIXe siècle), plutôt d'ailleurs un long roman de cape et d'épée (roman de *wuxia*) qu'une enquête policière, avec le juge Bao à la tête d'une troupe de redresseurs de torts. Trois tomes sont déjà parus. Dans le domaine de la bande dessinée, les Éditions Fei ont publié depuis 2010 six volumes d'aventures du juge Bao et de ses adjoints, dessinés par Nie Chongrui, héritier de la bande dessinée traditionnelle chinoise. Le scénario de Patrick Marty s'inspire librement du roman des *Sept héros*. Enfin en 2012 Frédéric Lenormand, continuateur de la série des enquêtes du juge Ti, a mis le juge Bao en scène dans *Un Thé chez Confucius* qui s'inspire là encore des enquêtes du juge mais n'en est pas une traduction. Qu'il soit ici rendu hommage à ces nombreux prédécesseurs !

*

Les nouvelles de ce livre peuvent être lues dans n'importe quel ordre. Pour l'agrément de lecture, nous nous sommes cependant efforcés d'alterner les textes longs et courts. Et puisqu'il a bien fallu, pour l'édition de ce recueil, opérer un tri parmi les enquêtes d'origine, nous avons choisi de ranger les dix-huit récits présentés dans un ordre plus ou moins « chronologique », correspondant à l'évolution de la carrière du juge Pao.

Les six premières enquêtes le voient donc magistrat de district (ou sous-préfecture, 县 *xiàn*), au plus bas niveau de la hiérarchie mandarinale. Sauf rarissime exception, on n'accédait à ces postes difficiles et polyvalents[2] qu'après avoir réussi la troisième étape des concours mandarinaux, c'est-à-dire les « examens métropolitains » tenus à la capitale, qui succédaient aux examens préfectoraux et provinciaux ne donnant droit à aucun poste officiel[3] (Il y avait pour les meilleurs un niveau d'examen supplémentaire, les « examens du Palais », tenus sous l'égide de l'empereur lui-même). Ces enquêtes illustrent, entre autres, le fait qu'à ce niveau les mandarins n'avaient pas le droit de condamner à mort d'eux-mêmes et devaient attendre que, sur la foi de leur rapport, leurs supérieurs approuvent ou rejettent leur verdict.

Les six enquêtes suivantes voient le juge Pao dans le rôle d'inspecteur, au niveau provincial ou national, envoyé en tournée pour vérifier la qualité du travail des magistrats de district et (dans les bons cas) corriger les erreurs judiciaires. La légende du juge veut que Pao ait été l'un des très rares envoyés impériaux disposant du droit de décider de la peine capitale et de la faire appliquer dans l'instant.

---

[2] Les lecteurs curieux trouveront dans la nouvelle *Le serpent du vieux temple* un exposé très complet de l'ensemble des tâches du magistrat de district.

[3] Sauf, éventuellement, celui de recruté local au *yamen,* l'enceinte fortifiée faisant office de tribunal, de siège de l'administration et de résidence du mandarin. Les recrutés locaux ne faisaient pas partie du mandarinat.

Enfin les dernières enquêtes voient le juge opérer à la capitale elle-même (deux récits), et surtout comme Juge des Enfers (les quatre autres), fonction où l'avaient mené sa réputation et son inflexibilité. L'un des outils qui lui permettent ainsi de communiquer tant avec les morts qu'avec les dieux est le *Lit d'Ombre,* ou *Plate-forme des Ombres,* sur lequel il doit monter pour rentrer dans un état d'inconscience propice à la communication avec les autres dimensions. Si cela peut paraître trop « tiré par les cheveux » au lecteur occidental, on rappellera qu'aujourd'hui encore, certains rituels de la religion populaire chinoise utilisent les services de médiums ; ces manifestations du surnaturel ne sont pas là-bas revêtues du stigmate que leur affectent chez nous les esprits cartésiens…

Ire partie :

MAGISTRAT DE DISTRICT

I

Le bonze perd la boule

Où...

Jade Pur pêche un inattendu poisson ;

Un moine lubrique veut forcer une faible fille ;

Un juge a recours aux services d'une catin.

Des dangers du libertinage précoce

IL SE RACONTE que dans le bourg de Hsiao-Kan, préfecture de Te'An, vivait un étudiant du nom de Hsü Hsien-Chung ; il avait tout juste dix-huit ans et ses traits harmonieux allaient de pair avec un port gracieux et élégant. En face de chez lui vivait le boucher Hsiao Fu-Han, dont la fille Shu-Yü, *Jade Pur*, âgée de dix-sept ans, était d'une grande beauté. Chaque jour elle brodait à l'étage, assise à la fenêtre qui donnait sur la rue. Elle y voyait souvent passer le jeune érudit, fut remarquée de lui, et tous deux connurent bientôt l'éveil de l'amour. Les jours passèrent ; ils se mirent à s'entretenir et à badiner en cachette. Par ses belles paroles, Hsien-Chung sut la séduire ; la jeune fille souriait, consentante.

Cette nuit-là, Hsien-Chung se munit d'une échelle et grimpa dans la chambre de Jade Pur. Dans les volutes d'encens et le torrent des sentiments, leurs transports les emmenèrent jusqu'aux premiers chants d'oiseaux de l'aurore. Avant de s'éclipser, Hsien-Chung promit de revenir le soir d'après. Jade Pur lui dit alors :

« J'ai peur que quelqu'un ne remarque l'échelle au flanc de la maison. Ce soir j'accrocherai à une bûche une pièce de drap blanc que je passerai au-dessus de la poutre et laisserai pendre à moitié hors de la fenêtre. Tu n'auras qu'à te signaler en secouant le drap, et je t'aiderai à grimper. Ce sera bien plus pratique ! »

Hsien-Chung appliqua ce plan à la lettre dès la nuit tombée. Six mois s'écoulèrent ainsi. Comme de bien entendu, une bonne partie du quartier était au courant mais gardait le boucher dans l'ignorance.

Voilà qu'un soir le jeune lettré, invité à une beuverie par des amis, ne fut pas au rendez-vous. Un bonze au nom religieux de Ming-Hsiu, *Lumineuse Dévotion*, qui déambulait de nuit en demandant l'aumône, passa dans la ruelle et vit l'étoffe blanche qui cette fois-ci traînait imprudemment jusqu'à terre. Il pensa d'abord qu'on avait oublié de rentrer un drap mis à sécher et décida de profiter de l'aubaine. Il cessa de tapoter son poisson de bois[4], s'approcha et agrippa le tissu, que soudain on se mit à tirer de là-haut. Le bonze crut comprendre : c'était la bourgeoise du boucher qui recevait ainsi son coquin ! Ni une ni deux, il grimpa et se retrouva devant une jeune fille. Ô agréable surprise !

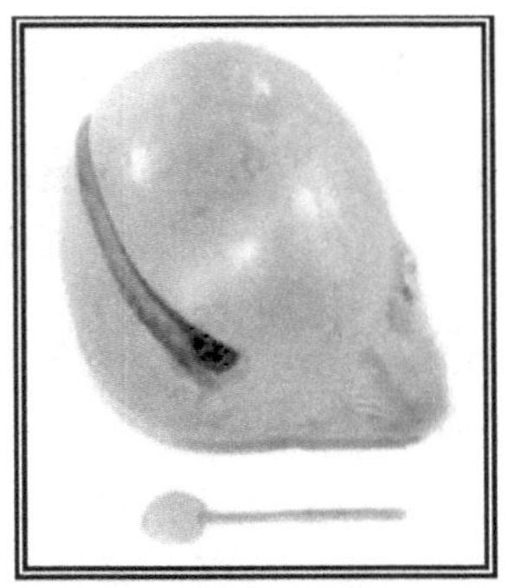

Le « poisson de bois » du bonze

« Heureux le destin qui réunit ce petit bonze avec une gente demoiselle ! déclama-t-il. Vous acceptez ce soir de m'héberger pour la nuit, vos mérites s'étendent jusqu'à l'horizon, vos bienfaits s'élèvent jusqu'au ciel !

---

[4] Le poisson de bois 木鱼 *mùyú* était une sorte de petit grelot utilisé par les moines pour signaler leur présence quand ils demandaient l'aumône ou pour rythmer leurs chants rituels.

— Je suis unie de corps et d'âme à un autre, comment accepterais-je de m'offrir à vous ? rétorqua Jade Pur, affolée. Prenez plutôt cette épingle à cheveux en argent, et disparaissez au plus vite !

— Comment donc ! reprit le bonze. Tu m'as toi-même hissé jusqu'ici, j'y suis, j'y reste ! »

Et comme il l'embrassait ardemment, elle, furieuse, haussa la voix : « Au voleur ! À l'assassin ! » Mais ses parents dormaient comme des souches et n'entendaient rien. Le bonze craignant cependant d'être découvert sortit un couteau et la fit passer sur le champ de vie à trépas. Il préleva ensuite épingle à cheveux, bagues, bracelets et autres bijoux puis s'en alla comme il était venu.

Des dangers de la franchise

LE LENDEMAIN la mère de Jade Pur s'étonna de ne l'avoir pas vu descendre pour le riz du matin. Elle se rendit à l'étage et ses cris ameutèrent bientôt le voisinage. Qui donc avait bien pu commettre l'abominable meurtre ? Si la pauvre mère n'en avait aucune idée, certains parmi les voisins, en revanche, n'avaient pas digéré le comportement du jeune lettré Hsü. Ils ne se privèrent pas de rapporter à Fu-Han :

« Depuis plus de six mois, ta fille entretenait une liaison avec Hsü Hsien-Chung ! Hier soir, après s'être aviné chez l'un de ses amis, il a dû tuer Jade Pur sous l'emprise de l'alcool ; c'est lui le coupable ! »

Le boucher, ayant ouï dire de la réputation du juge Pao, alla de ce pas déposer une plainte :

« Je rapporte une affaire de viol suivi de meurtre : le lettré Hsü Hsien-Chung étudiait en fait le mal ! Son âme est noire mais il est capable des mielleuses paroles du renard et s'est enfui comme une caille après avoir commis son forfait. Attiré par la beauté de ma fille Jade Pur, il élabora mille complots pour la souiller. Des voisins peuvent en témoigner. Hier au soir, ivre et armé, il s'est introduit en cachette dans sa chambre. Il a tenté de la forcer mais, confronté à sa résistance, l'a tuée. Emportant ses bijoux, il est parti par la fenêtre comme le brigand qu'il est. Il séjourne certes dans une école, mais le disciple méritant s'est transformé en assassin ! N'est-ce pas abuser du noble terme d'étude, si un jeune homme éminent peut soudain tourner au prédateur[5] ?

« Ah ! La justice est de nos jours plus légère qu'une plume d'oie, les mœurs de ce temps partent décidément à vau-l'eau ! J'accours en ce lieu pour réclamer réparation et je présente ma pétition avec une profonde affliction[6&7]. »

---

[5] Ces deux phrases traduisent des expressions chinoises particulièrement imagées. Le « disciple méritant » est ainsi désigné par 桃李 *táolǐ* « pêcher et prunier » ; « l'assassin » par 荆棒 *jīngbàng* « verges et gourdins » ; le « jeune homme éminent » par 龙蛇 *lóngshé* « dragon-serpent », et le « prédateur » est en fait un 鲸鳄 *jīng'è* « crocodile-baleine ».

[6] 哀哀上高 *āiāi shànggào* : formule toute faite concluant fréquemment les dépôts de plainte.

[7] Un simple boucher aurait été incapable de pondre ce texte en chinois classique, truffé d'expressions choisies et absconses (voir la note suivante). Les gens du peuple s'adressaient à des écrivains publics, souvent des lettrés ayant raté les examens impériaux, pour rédiger leur correspondance officielle.

Le juge Pao était un magistrat d'une grande intégrité. Il estima légitime cette déposition et décida de traiter l'affaire en séance le jour même. Il dépêcha quelques sbires pour s'emparer du suspect et convoquer les témoins qu'il entendit d'abord. Messieurs Wu Fan et Hsiao Mei, respectivement voisins de droite et de gauche, témoignèrent à l'unisson que la chambre de Jade Pur, à l'étage, donnait sur la ruelle. Depuis six lunes elle avait avec Hsü Hsien-Chung des relations illicites qu'elle cachait à ses géniteurs. Il s'agissait bien de fornication mais consentie. À vrai dire ils ne comprenaient pas la raison de ce meurtre commis au cœur de la nuit.

Hsü lui-même déclara ensuite :

« N'ayant pas su dissimuler ma conduite dissolue, je la reconnais entièrement. Si j'en suis jugé coupable, je ne souhaite même pas échapper à la peine capitale ! Mais le meurtre, non, il ne s'agit pas de moi !

— Il admet une faute légère pour mieux cacher sa lourde culpabilité, c'est clair comme le jour ! s'exclama Hsiao Fu-Han. Lui seul avait accès à la chambre de ma fille ; si ce n'est lui, qui donc l'a tuée ? Il l'a sûrement assassinée sous le coup de la colère après qu'elle se fut refusée à lui. Un jeune homme d'un si frivole caractère est-il seulement capable d'accorder de l'importance aux sentiments de ma fille envers lui ? Seigneur, si vous ne le soumettez pas à la question, jamais il n'avouera[8] ! »

---

[8] Le code pénal chinois exigeait en effet que tout verdict s'appuie sur des aveux de l'accusé. Cela avantageait certes les fripouilles endurcies plutôt que les innocents accusés à tort. Pour extorquer ces aveux le juge avait droit d'utiliser coups et torture... mais

Le juge voyait pourtant bien que le jeune Hsü semblait d'humeur égale et n'avait rien d'une brute assassine. Il lui demanda :

« Pendant que tu visitais Jade Pur, arrivait-il que des gens passassent dans la ruelle ?

— D'habitude non, mais ce mois-ci il y avait un moine mendiant qui effectuait sa tournée en frappant son poisson de bois.

— Un moine ? Impossible ! C'est donc bien toi qui l'as tuée ! cria le juge, feignant de s'emporter. Avoueras-tu enfin ? »

Terrifié, Hsien-Chung n'osa plus démentir. On lui administra quarante coups de bâton pour la forme et il fut jeté au cachot. Mais le juge fit approcher discrètement ses deux lieutenants Wang le Loyal et Li le Vertueux et leur demanda où s'abritait le moine ces jours-ci. Wang répondit qu'il chantait devant le temple de Kouan-yin près du pont de la Lune Joyeuse. Le juge leur confia alors quelques instructions secrètes.

Des dangers de la superstition

LE SOIR VENU, Lumineuse Dévotion était reparti parcourir les rues pour quémander l'aumône. Il rentrait à son logis autour de la troisième veille quand il surprit une conversation entre trois démons serrés sous le parapet du pont. L'un d'eux s'exprimait d'un ton strident, un autre d'une voix de basse, le dernier

---

pouvait être sévèrement sanctionné s'il s'avérait qu'il avait fait subir la question à un innocent !

enfin, un démon femelle, sanglotait à grand bruit dans un concert de plaintes qui lui glacèrent le cœur. Le moine s'affala de tout son long, terrifié, et se mit à invoquer le Bouddha Amitabha. Mais l'un des démons l'aborda entre deux hoquets :

« Ming-Hsiu, Ming-Hsiu ! Tu voulais abuser de moi et je n'ai fait que me défendre ! Mon heure n'était pas venue et tu n'avais aucune raison de me tuer. Pourtant tu m'as assassinée et tu as volé mes bijoux. J'en ai référé au Roi des Enfers qui m'a adjoint deux démons pour venir t'ôter la vie, mais tu t'abrites derrière le Bouddha ! Il m'a réclamé une fortune pour consentir à me confier ses subordonnés ; il nous faut régler cette question, ou bien je devrai rendre compte aux fonctionnaires célestes qui décideront sûrement de se payer de ta vie. Et réciter tous les noms du Bouddha ne pourra te sauver[9]. »

Lumineuse Dévotion répondit en triturant les billes de son collier de bonze :

« Je ne brûlais que du désir de te posséder mais quand tu as crié, l'idée d'être ainsi surpris m'a terrifié. C'est pour cela que je t'ai tuée. Tes ornements, je les ai encore ; je les vendrai demain et organiserai une récitation des soutras pour la délivrance de ton âme ; je t'en prie, ne me dénonce surtout pas aux fonctionnaires célestes ! »

Le démon femelle se mit derechef à pleurer, les deux autres à hurler de plus belle. Le bonze reprit ses prières et répéta sa promesse d'offrir une cérémonie

---

[9] En effet les démons envoyés par le Roi des Enfers, relevant de la mythologie bouddhique, ne peuvent forcer quelqu'un qui invoque le Bouddha. Mais les fonctionnaires célestes, divinités purement chinoises, ne le craignent pas.

de passage dès le lendemain. Soudain, deux gardes du *yamen* surgirent et lui passèrent les chaînes. Il bégaya, terrorisé :

« Mais vous... vous êtes des démons !

— Le juge Pao m'a ordonné de t'arrêter, je ne suis pas un esprit, » rétorqua Wang le Loyal, car c'était lui !

Le moine se liquéfiait, répétant en boucle qu'il demanderait pardon au Bouddha.

« À quel Bouddha ? dit Wang. Un Bouddha comploteur et violeur ? »

Puis il le traîna par ses chaînes. Li le Vertueux suivait en emportant le tapis de prière et les autres affaires du bonze. Le juge leur avait ordonné de monter cette mise en scène en louant les services d'une prostituée pour jouer le démon femelle.

Le lendemain, le bonze fut tiré de son cachot et emmené aux pieds du magistrat. La fille de joie était aussi présente ; elle raconta comment Lumineuse Dévotion avait confessé son crime et ses raisons sous le coup de la terreur. Le juge ordonna qu'on prélève quelques lingots d'argents de la réserve pour sa récompense. Puis l'on fouilla la bourre de la robe rapiécée du bonze pour y retrouver épingles à cheveux, boucles d'oreilles et anneaux. Fu-Han certifia qu'il s'agissait bien des ornements que portait sa fille. Ming-Hsiu n'avait plus rien à opposer ; il se mit à table de long en large et concéda son crime.

Le juge Pao interrogea alors Hsü Hsien-Chung :

« C'est ce bandit chauve[10] qui a tué Jade Pur et il

---

[10] « Chauve » était un terme péjoratif fréquemment employé envers les moines bouddhistes, en raison de leur tonsure. « Bandit chauve » 賊禿 *zéitu* était le plus courant parmi ses dérivés.

sera puni en conséquence ; mais toi ! tu as souillé une vierge et ne mérites plus de porter l'habit du lettré. Encore autre chose : tu n'es pas marié, Jade Pur ne l'était pas non plus. C'est donc bien le péché de fornication que vous commettiez, mais cela vous a liés comme mari et femme. Ce soir fatidique, la jeune fille a mis pour toi son drap à pendre et attiré par erreur le bonze, et par fidélité envers toi elle s'est fait tuer ! Comment pourrait-on l'en blâmer ? Si tu désires te remarier un jour, tu dois renoncer dès aujourd'hui à la carrière mandarinale. Si tu souhaites persévérer dans ta profession choisie, alors tu dois prendre Jade Pur comme épouse principale à titre posthume. Tu supporteras les frais d'enterrement et d'offrandes rituelles et tu ne te remarieras pas. Laquelle de ces deux voies prendras-tu ? »

— Je savais depuis longtemps que Jade Pur avait un caractère admirable, répondit Hsien-Chung. C'est sous mon influence qu'elle a sombré dans le péché. Je n'ai pas d'autre liaison et je comptais bien la prendre pour femme à un moment plus propice, après ma réussite aux examens. Le destin a voulu qu'elle tombe sur ce scélérat de bonze et qu'elle meure pour avoir voulu sauvegarder son honneur. Comment aurais-je le cœur de me remarier ? Je ne songe désormais qu'à l'enterrer dignement et à la prendre pour épouse, afin que sa mort n'ait pas été vaine. Quant à la suite de ma vie professionnelle, je m'en remets à vous, Seigneur.

— Ton choix se conforme à la raison du Ciel, déclara le juge d'un ton satisfait. Je t'accorde le droit de continuer dans la carrière. »

Puis il rédigea son rapport pour ses autorités :

« Après avoir instruit l'affaire criminelle impliquant l'étudiant Hsü Hsien-Chung, célibataire, et sa voisine Hsiao Shu-Yü, vivant sous le toit parental, j'ai conclu comme suit.

« Les deux jeunes gens convenaient l'un à l'autre et se fixèrent un rendez-vous amoureux une fois la Lune était levée ; leurs cœurs s'accordaient, mais pendant tout un semestre ils se rencontrèrent clandestinement dans la chambre de la jeune fille. Alors qu'ils comptaient s'unir pour cent ans leur destin fut brisé en un instant. Frivole et capricieux[11], le bonze dévoyé Lumineuse Dévotion s'introduisit dans la chambre au cœur de la nuit et voulut laisser libre cours à ses pulsions bestiales[12]. Le fumier allait souiller le jade blanc ! Mais devant la résistance de sa victime, il tira de sa manche une lame d'acier. Son forfait accompli, il dépouilla sa victime de ses bijoux. La victime Shu-Yü a vu son âme parfumée lui échapper à cause de sa rencontre avec un moine malfaisant. Quant à Hsien-Chung il a juré par sentiment de ne plus se remarier.

« Je compte aujourd'hui faire payer de sa vie son crime au bonze pour venger la mort de cette femme de vertu et laisser sa profession au lettré Hsü pour récompenser sa décision chevaleresque. Mais n'osant agir à mon gré, j'attends votre sentence, humblement prosterné. »

Ses supérieurs approuvèrent sa décision.

---

[11] L'expression chinoise est 心猿意马 *xīnyuán yìmǎ*, qui est justement une expression bouddhique signifiant que le cœur et l'âme, comme un singe bondissant partout ou un cheval qui galope, ne peuvent se fixer sur rien de sérieux.

[12] Encore une expression animalière : 狗幸狼贪 *gǒuxìng lángtān* « désirer comme un chien, convoiter comme un loup »

Épilogue : certains s'en tirent bien

Plus tard, Hsü Hsien-Chung réussit les examens provinciaux triennaux et revint remercier le juge Pao :

« Sans vous, Maître, Hsien-Chung croupirait aujourd'hui en prison et jamais ce jour ne serait arrivé.

— Ne songes-tu point à te marier maintenant ? demanda le juge.

— Plutôt mourir ! répondit le licencié.

— Mais pourtant, des trois manquements à la piété filiale, ne pas laisser de descendance est le plus grave[13].

— Je ne peux respecter à la fois ma parole d'honneur et mes obligations filiales.

— Certes ! Mais mon noble ami s'est aujourd'hui fait un nom ; au Ciel, l'âme de votre épouse Madame Hsiao doit s'en réjouir infiniment. Si elle était parmi nous, elle vous ordonnerait de prendre une concubine. Pourvu que Madame Hsiao reste votre épouse principale, y a-t-il un inconvénient à vous doter d'une seconde femme ? » argua le juge Pao.

Hsien-Chung s'y refusait toujours fermement. Le magistrat décida alors de lui forcer la main et demanda à l'un des camarades de promotion du licencié de servir d'entremetteur pour approcher une certaine famille Huo.

Hsien-Chung prit donc concubine au cours d'une cérémonie appropriée, mais sur les registres des

---

[13] 不孝有三，无后为大 *bùxiào yǒu sān, wú hòu wèi dà* : il s'agit d'une citation sur la piété filiale du philosophe confucéen Mencius (372-289 A.C.), qui a depuis longtemps valeur de proverbe.

examens mandarinaux n'apparut à la colonne « Épouse » que le nom de Hsiao, pas celui de Huo.

Ah ! C'est bien cela, la fidélité conjugale et l'honneur marital ! Quant au juge Pao : plus haute qu'une montagne est sa vertu, pour laver l'innocent de la calomnie ! Plus profonde que la mer est sa bonté, pour permettre ainsi la perpétuation d'une lignée ![14]

---

[14] Il n'aura pas échappé aux connaisseurs du juge Ti que l'affaire que nous avons intitulée *Le bonze perd la boule* a directement inspiré R. van Gulik, pour l'une des trois enquêtes menées en parallèle par Ti dans le roman *Un squelette sous cloche* : celle nommée *Affaire du viol suivi d'assassinat rue de la Demi-lune*. Van Gulik a d'ailleurs repris jusqu'aux prénoms du galant (le jeune lettré), de sa malheureuse amante (*Pureté du Jade*) et même du père boucher. Il a en revanche transformé le moine en simple vagabond déguisé, a modifié la méthode de résolution et s'est bien entendu abstenu de dévoiler l'identité du coupable au début de son roman…

2

Histoire d'Oie

LE RÉCIT DIT QUE dans la sous-préfecture de Tong'An, un nommé Kong Kouen épousa une fille de la famille Li. Kong Kouen était fort riche, mais d'une avarice exacerbée. Le jour de l'anniversaire de son beau-père, il prépara un cadeau qu'il ordonna à son bras droit d'apporter au bénéficiaire, avec ses félicitations. Il s'agissait d'une oie tirée de l'enclos dans l'arrière-cour.

Le larbin s'appelait Tch'ang Ts'ai, « le Fortuné » ; mais il ne partageait avec son patron que l'étroitesse d'esprit. Avant le départ, Kouen lui fit ces commentaires :

« Vu comment le vieux surjoue la politesse en feignant de décliner toutes sortes de cadeaux, aucune chance qu'il accepte cet oiseau-là du premier coup ! Profites-en pour le ramener ici ! »

Le larbin approuva obséquieusement et partit vers le domicile du patriarche. Mais contre toute attente, au vu du présent, ce dernier se réjouit et demanda :

« Mais pourquoi donc ton maître n'est-il pas venu en personne ? Il aurait pu participer aux réjouissances.

— Il n'en voyait pas l'utilité et n'est donc pas venu vous féliciter lui-même! » répondit l'impudent.

Le vieillard demanda à son cuisinier de s'occuper du « cadeau ». L'expert remarqua vite que le présent, quoique toujours vif, était de qualité fort relative et d'une maigreur douteuse. Mais comme son maître n'avait pas élevé d'objection, il fit contre mauvaise fortune bon cœur et accepta la pauvre oie. Tout cela ne faisait pas l'affaire de Tch'ang Ts'ai qui s'inquiétait de ce que son propre maître le blâme, une fois rentré les mains vides ; il avala quelques verres de vin pour se donner du courage mais c'est le cœur gros qu'il reprit palanche et hotte pour se remettre en route.

Alors qu'il était à un *li* au-dehors des remparts de la ville, il vit, au milieu de la rizière, un troupeau d'oies blanches. D'un regard furtif à la ronde il s'assura qu'il était bien seul puis descendit dans la rizière pour s'emparer du plus gras des volatiles, qu'il nettoya ensuite dans une mare à poissons avant de le fourrer dans sa hotte.

À ce moment, le gardien des oies, un jeune paysan du nom de Chao Lu, revenait de sa pause ; du sommet d'une colline, il aperçut le manège de Tch'ang Ts'ai. Le garçon se lança à sa poursuite en criant mais l'autre continuait son chemin en l'ignorant. L'un sur les talons de l'autre, ils tombèrent soudain sur le maître de Chao Lu qui rentrait lui aussi à la ville. Chao lui cria :

« Maître, maître ! Le type à la palanche devant nous a volé une oie, il faut vite l'arrêter ! »

L'homme, à ces mots, eut vite fait d'empoigner Tch'ang Ts'ai, qui posa son fardeau et déclara :

« Eh bien, vous ne manquez pas de culot tous les deux ! De quel droit m'empêchez-vous d'aller librement ?

— Tu me voles mes oies, et tu as encore l'outre-cuidance de demander pourquoi je t'alpague ? »

Les deux hommes commencèrent à en venir aux mains. Un groupe de passants s'approcha et voulut s'en mêler.

« Allons, allons, s'il a volé cette oie la question est facile à résoudre ! Nous n'avons qu'à la replacer avec les autres, si elles s'entendent entre elles c'est qu'il s'agit bien d'une des oies du troupeau. Si elles se disputent, alors c'est l'oie de cet homme !

— Ah, je m'en remets à votre sagesse à tous, répondit Tch'ang Ts'ai sans ciller. Allons-y ! »

La petite troupe rebroussa chemin jusqu'à la rizière. Puis Tch'ang sortit l'oie de la hotte et la renvoya au milieu du troupeau. Mais l'oiseau était encore tout humide du lavage que lui avait fait subir le domestique ; les autres oies ne reconnurent pas son odeur et commencèrent à s'agiter en tous sens, avant de poursuivre et d'attaquer l'intrus à coups de becs. Les passants dirent alors :

« Cette oie appartient visiblement à Tch'ang Ts'ai, comment ton employé et toi pouvez-vous ainsi prétendre qu'il en est autrement ? Nous allons la lui rendre de ce pas. »

Suite à cette remontrance publique le maître de Chao Lu sentit qu'il avait perdu la face et s'en prit violemment au petit gardien d'oies qui s'obstinait :

« J'ai pourtant bien vu quand il était sur la route devant moi qu'il n'avait pas d'oie dans sa hotte, mais quand je suis arrivé au bord de la rizière je l'ai vu remonter sur la rive avec une oie dans les bras ! Il n'est pas normal que cette sale bête ne s'accorde pas avec les autres ! »

Il était en colère et s'efforçait de comprendre, n'hésitant pas à répondre vertement aux reproches de son patron.

Or il advint que le juge Pao, mandarin affecté à Tong'An, passa par là lui aussi. En voyant l'attroupement, il s'approcha, entendit l'homme s'en prendre au garçon et en demanda la raison. Les protagonistes s'empressèrent de lui fournir des explications bien évidemment contradictoires. Le juge Pao s'approcha de l'oie, cause de la dispute, et l'observa de près. Lui aussi se demandait pourquoi l'oie, si elle appartenait au troupeau de Chao Lu, n'était plus acceptée de ses congénères ; et si c'était celle de Tch'ang Ts'ai, pourquoi Chao Lu prendrait-il le risque de l'accuser ? Il devait y avoir anguille sous roche. Il élabora rapidement un plan d'action et ordonna à tout le monde de rentrer chez soi. Lui-même emporta l'oie au *yamen*. Il la confia à un sbire en lui ordonnant de n'apporter à l'oiseau aucun soin.

À l'audience du lendemain matin, il fit convoquer Chao Lu et Tch'ang Ts'ai, réécouta leurs arguments respectifs puis fit amener l'oie qu'il examina encore une fois. Enfin il conclut   :

« C'est Chao Lu qui dit la vérité !

— Seigneur, hier tout le monde a conclu que l'oie était à moi et pas à Chao Lu, comment pouvez-vous lui donner raison aujourd'hui ? rétorqua Tch'ang Ts'ai.

— Tu habites en ville, tes oies ne peuvent être nourries qu'au grain. Pour ce qui est des siennes, elles vivent dans la rizière, et mangent des herbes. Les déjections des oies nourries au grain sont jaunes, celles des oies qui mangent des herbes sont vertes. Cet oiseau n'a pas été lavé depuis hier et les déjections qui tachent ses plumes ce matin sont toutes vertes. Qu'as-tu à répondre à cela ? dit le juge.

— Mais si l'oie est à lui, insista Tch'ang, pourquoi ne s'est-elle pas entendue avec les autres quand nous l'avons placée dans le troupeau ?

— Immonde laquais ! tonna le juge. Tu oses encore protester ! C'est toi qui l'as nettoyée, et c'est pour cette raison que les autres ne l'ont pas reconnue et l'ont rejetée ! Tu savais à l'avance qu'elles l'attaqueraient, sinon tu ne te serais pas plié à l'expérience. »

Le juge intima aux sbires l'ordre d'administrer vingt bons coups de bâton à l'impertinent gredin avant de le chasser ignominieusement du tribunal, puis il fit rendre l'oie à Chao Lu. Dès que les citadins eurent eu vent de l'affaire, celle-ci se propagea dans tous les bourgs et villages de la sous-préfecture, et tous de s'émerveiller : voilà un magistrat que son statut et sa miraculeuse perspicacité n'empêchaient pas de mettre les mains dans la… ou plutôt les pieds dans la cambrousse !

3

Le père aurait dû se taire

Où...

*La faible constitution de certains lettrés et d'autres désagréments
inhérents à la nature humaine sont la cause d'un mort par chapitre ;*

Une accusation sans fondement mène à quelques déboires ;

L'épouse confond le coupable en tenant ses comptes.

Bisbilles dans la famille.

À HSI'AN VIVAIT UN COMMERÇANT très prospère
du nom de Mie Ch'ung-Kuei, sa femme née
T'ang et leurs quatre enfants. L'aîné K'e-Hsiao avait
pris la direction des affaires familiales tandis que le
cadet K'e-T'i parcourait le pays en quête de clients.
Leur frère K'e-Chung poursuivait ses études ; plein
de diligence, il se levait tôt le matin pour se plonger
dans les textes classiques et s'était plusieurs fois déjà
présenté aux examens impériaux. Il était aux petits
soins pour K'e-Hsin, le dernier de la fratrie, auquel il

enseignait les lettres, et celui-ci le lui rendait par un amour fraternel exacerbé. Malheureusement, K'e-Chung rata une fois de plus les examens mandarinaux et en tomba malade de désespoir.

K'e-Hsin venait régulièrement à son chevet pour s'inquiéter de sa santé ; très vite, il s'alarma de l'effet que pouvait avoir sur la guérison de son frère la renversante sensualité de l'épouse de celui-ci, Shu-Chen : ne risquait-il pas de s'agiter et d'épuiser ses forces à la désirer ? Le fait était que de jour en jour K'e-Chung s'affaiblissait et ne fut bientôt même plus capable de se lever. K'e-Hsin voulut le mettre au calme dans la bibliothèque pour qu'il puisse récupérer peu à peu et ne rende pas son dernier souffle ; mais Shu-Chen aimait ardemment son époux et refusa qu'il quitte sa chambre :

« Un malade ne doit pas être déplacé. Dans la bibliothèque il n'y aura personne pour s'occuper de lui. Il doit rester ici pour que je puisse lui faire avaler ses médicaments. »

Cet élan d'amour conjugal venait du fond du cœur et n'avait rien à voir avec un impudique désir, mais K'e-Hsin restait morose et désappointé. Famille et amis venaient se renseigner sur l'état du malade, tous se lamentaient à qui mieux mieux et regrettaient que K'e-Chung se soit tué la santé à travailler si dur. K'e-Hsin soupirait :

« Si mon frère est alité, ce n'est pas à cause de ses études. De tout temps d'innombrables héros et hommes de valeur ont connu un sort funeste des mains de leur propre femme, K'e-Chung n'est pas seul dans son cas ! »

Et de fondre en larmes.

Les visiteurs, pris de peur, prenaient tous rapidement congé.

Un beau jour l'état de K'e-Chung s'aggrava brusquement. Shu-Chen appela son beau-frère qui se mit dans une grande colère :

« Auparavant tu refusais d'entendre mes conseils, alors pourquoi maintenant sollicites-tu mon aide ? »

Shu-Chen se tint coite. K'e-Hsin se rapprocha du mourant qui lui dit en sanglotant :

« Je ne pourrai plus désormais t'être utile ! Il faut que tu travailles d'arrache-pied pour passer les examens, sans plus compter sur moi pour t'y exhorter. Ta belle-sœur sera veuve ; elle est vertueuse et encore très jeune, tu dois la traiter avec tous les égards. »

Ces quelques paroles proférées, il rendit l'âme.

Un prêtre joue les reîtres

K'E-HSIN FUT TERRASSE par la douleur. Il organisa des funérailles somptuaires qui firent grandement honneur à la jeune veuve. Toute la famille la prenait d'ailleurs en pitié depuis la mort de son époux. Tous les sept jours jusqu'au quarante-neuvième jour après le décès, bonzes et prêtres furent convoqués pour les cérémonies funèbres. Shu-Chen s'y répandait en bruyantes lamentations et ne put plus s'alimenter pendant quinze jours. Elle dépérissait à vue d'œil, très affligée. Au centième jour, ses parents tentèrent de la réconforter, imités par les aînés, les belles-sœurs et tous les proches parents qui y mirent chacun un peu du leur. En la nourrissant à petites doses, en lui épargnant les soucis, ils parvinrent à la remettre peu à peu sur pied. Sa silhouette retrouvait ses formes d'antan, et bien qu'elle ne portât ni bijoux ni pendants, qu'elle n'utilisât ni poudres ni onguents, son charme naturel fait de beauté languide était bouleversant. Et avec cela, son caractère était exemplaire et elle remplissait ses devoirs de veuve à la perfection. Sa conversation restait pleine de retenue, son comportement vertueux et sans tache.

Très vite, une année s'écoula. Le père de Shu-Chen, Chiang Kuang-Kuo, organisa la cérémonie d'anniversaire de la mort de son gendre. La famille se réunit pour sacrifier à la mémoire de K'e-Chung. Un neveu, Chiang Chia-Yen, qui était entré en religion comme prêtre taoïste au Monastère des Nuages Pourpres, tenait le rôle de l'officiant, aidé de trois de ses disciples : Chiang Ta-Heng, Chiang Shih-Hua et Yen Hua-Yüan. K'e-Hsin n'était toujours pas satisfait ; il se plaint à Kuang-Kuo :

« Cher parent, je vous prie d'excuser mon impertinence, mais tout cela est franchement inutile. »

Kuang-Kuo en conçut une certaine amertume. Il se rendit aux appartements privés de sa fille :

« C'est en toute bonne foi et du fond du cœur que je mets sur pied cette cérémonie pour feu ton mari, et voilà que ton jeune beau-frère n'est pas content ! S'il manque ainsi à la mémoire de son propre aîné, il peut aussi te manquer de respect !

— Quand K'e-Chung était agonisant, son frère a voulu le faire porter à la bibliothèque, renchérit Shu-Chen. J'ai refusé et exigé qu'il reste dans notre chambre pour pouvoir continuer à le soigner. Jusqu'au jour de la mort, K'e-Hsin en est resté furieux contre moi.

Depuis un an nous nous sommes à peine revus ; un tel traitement est inqualifiable ! »

À ces mots, le ressentiment de Kuang-Kuo ne put que s'accroître ; mais d'autres tâches l'appelaient. Un peu plus tard, alors que la cérémonie rituelle touchait à sa fin, au moment du sacrifice pour le passage de l'âme, il dit à sa fille :

« Le prêtre est membre de notre famille, rien ne t'empêche de t'avancer pour payer tes respects au cercueil de ton époux. »

Le cœur de Shu-Chen débordait d'affliction. Elle éclata en pleurs en s'agenouillant et son immense tristesse se communiqua à l'assemblée. Seul le taoïste déviant Yen Hua-Yüan se dit en son for intérieur :

« Tout le monde disait que Shu-Chen était une femme splendide, en la voyant aujourd'hui, même dans ses habits de deuil, je ne peux qu'approuver ! Si je pouvais la rencontrer dans des circonstances plus réjouissantes, qu'est-ce que ça pourrait donner ! »

La convoitise le submergea. La nuit avançait ; les prêtres avaient terminé leurs rituels de délivrance et allaient prendre congé. Shu-Chen leur dit :

« Chia-Yen, Ta-Heng et Shih-Hua, vous êtes de la famille, vous me pardonnerez ces insignifiants cadeaux en guise de rétribution. Seul M. Yen porte un autre nom et doit donc être remercié plus chaudement. »

Elle remit alors à Yen Hua-Yüan quelques lingots d'argent qu'elle avait préparés et enveloppés dans une petite bourse décorée. Mais cela ne suffit pas à dissiper ses inavouables pensées. Yang ! D'un côté, il remerciait et faisait mine de quitter les lieux. Yin ! En réalité, il montait se dissimuler à l'étage ! Silencieux et sournois, comme la souris ou le rat !

En revenant dans sa chambre, chandelle à la main, Shu-Chen tomba sur Hua-Yüan qui lui projeta sur le corps la drogue aphrodisiaque de la Captation du Yang. La malheureuse se sentit alors emplie d'une irrépressible concupiscence[15] ! Elle embrassa fougueusement Hua-Yüan et ensemble, sans même prendre le temps d'ôter tous leurs vêtements, ils s'en donnèrent à cœur joie. Mais à l'aube l'effet du philtre s'était dissipé. Shu-Chen comprit qu'elle avait été piégée et entraînée dans une relation bien involontaire ; sa vertu était ruinée ! D'un coup de dent elle se trancha la langue et mourut ainsi, étouffée par son propre sang. Hua-Yüan, quant à lui, avait assouvi ses pulsions et ne songeait plus qu'à s'esbigner en douce. Avant de partir il glissa cependant dans la tunique du cadavre le petit colis qu'il avait reçu en paiement la veille au soir, en espérant que dans sa vie ultérieure Shu-Chen l'accepterait comme une compensation suffisante.

---

[15] Référence aux préceptes de la sexualité chinoise, d'inspiration taoïste : l'homme et la femme s'échangent leurs énergies respectives pendant l'acte sexuel. Le Yin féminin est ainsi transformé en Yang si l'homme peut s'en emparer, ce qui le conduira *in fine* à l'immortalité. On peut cependant douter que tel soit l'objectif du prêtre Yen, car cela supposerait qu'il évite d'atteindre l'orgasme lui-même (pour ne pas se vider de son Yang et enrichir le Yin de sa partenaire !). Or l'individu semble avoir d'autres idées en tête. Dans la littérature et les contes populaires chinois, les taoïstes sont les magiciens de notre littérature fantastique occidentale. Et beaucoup d'entre eux n'utilisent pas forcément leurs multiples talents pour la bonne cause !

Le geignard s'avère faiblard.

PLUS TARD DANS LA MATINÉE, le petit-déjeuner était prêt. La chambrière Chü-Hsiang rentra avec une bassine d'eau chaude chez Shu-Chen pour la coiffer et appela. Rien ne lui répondit ; elle grimpa à l'étage chercher sa maîtresse et vit son corps allongé sur la couverture de feutre. Terrifiée, Chü-Hsiang dévala l'escalier et rendit compte à K'e-Hsiao et K'e-Hsin :

« Là-haut ! Là-haut ! La troisième dame est morte ! »

Les deux frères se ruèrent à l'étage et constatèrent que Shu-Chen n'était plus. Toute la maisonnée fut frappée de terreur. On rassembla les femmes de chambre pour qu'elles transportent le corps dans la réserve. Pendant qu'on l'y descendait, un petit paquet tomba dans l'escalier : c'était l'argent que le prêtre avait laissé. Chü-Hsiang, qui suivait derrière, le ramassa et le dissimula sans être remarquée de personne. À ce moment-là Kuang-Kuo, qui était hébergé dans la bibliothèque de son gendre, fut averti. *C'est K'e-Hsin qui a fait le coup !* pensa-t-il aussitôt. Il se rua dans la réserve et hurla, colère et désespoir mêlés :

« Ma fille avait recouvré sa vitalité et ne souffrait d'aucune maladie. La cause de sa mort subite en pleine nuit est donc à chercher ailleurs ! Tu en voulais à mort à Shu-Chen d'avoir gardé son mari auprès d'elle quand il agonisait, et tu abhorrais l'idée de nous laisser organiser cette cérémonie de passage de l'âme. Je suis certain que tu as profité de l'occasion pour lui faire payer tout cela et lui faire subir un sort pire que la mort ! C'est ensuite qu'elle s'est tuée … »

Il déposa donc plainte en ces termes auprès du juge Pao :

« Je rends compte par la présente d'un bouleversement de l'ordre naturel : un meurtre perpétré par le coupable sur la personne de sa belle-sœur. Les traditions existent pour perpétuer les bonnes mœurs ; dans la vie rien n'est plus important que la préservation de l'ordre moral. Entre hommes et femmes on ne se donne rien de la main à la main ; même si votre belle-sœur tombe à l'eau, il n'est pas correct de l'en retirer directement.

« Ma fille avait été donnée en mariage au lettré Mie K'e-Chung, malheureusement décédé depuis. Elle était une veuve irréprochable. Mais son beau-frère K'e-Hsin, brutal et vicieux, guignait depuis longtemps sa beauté. Comment échapper à ses plans pervers ? À peine les libations de la cérémonie de fin du deuil accomplies, il profita du fait que sa belle-sœur, épuisée, se fut retirée pour la nuit. Il s'introduisit dans sa chambre et usa d'elle sans scrupule. Terrassée par la honte, ma fille s'est donné la mort en se tranchant la langue.

« Sournois comme le renard, obscène comme le chien ! Qui ne haïrait amèrement le comportement de cet homme ? La caille fait *p'en-p'en*, la pie fait *chiang-chiang* ; mais leur cri atroce est moins insupportable que d'entendre narrer une telle abomination. Dans le logis courent les rumeurs, à l'extérieur bruisse la foule : on parle de débauche dans la chambre conjugale ! Il eut été impossible pour ma fille de s'en disculper, si elle n'avait prouvé sa vertu inflexible en sacrifiant sa vie. Tout montre donc qu'il y a viol et meurtre.

« J'exige le juste usage de la loi : jadis s'appliquaient à raison les cinq châtiments[16]. »

---

[16] Les cinq supplices traditionnels remontant à la plus haute antiquité chinoise : 墨 *mò*, la marque au front ; 劓 *yì*, l'amputation

K'e-Hsin eut connaissance du dépôt de cette plainte et fut saisi de honte. Se jetant sur le cercueil de son frère, secoué de terribles sanglots, il se mit à cracher du sang ; après en avoir perdu plusieurs pintes, il s'effondra.

Deux morts, un ressuscité : moyenne respectée.

SON AME *HUN*[17] ACCEDA AU Séjour des Morts où elle fut accueillie par celle de K'e-Chung qu'elle salua d'un kowtow respectueux en se lamentant de leur commune infortune. K'e-Chung lui dit, tout larmoyant :

« C'est Yen Hua-Yüan, l'un des taoïstes présents à la cérémonie de passage, qui a causé la mort de Shu-Chen. La domestique Chü-Hsiang a entre les mains une bourse d'argent qui en est la preuve : Shu-Chen l'avait inscrite sur le registre des comptes comme émoluments du prêtre. Cette information doit être portée à la connaissance du magistrat, il comprendra aisément les circonstances de l'injustice et t'absoudra de tout lien avec ce meurtre. Tu dois pour cela retourner au plus vite dans le monde des vivants. Mon âme te viendra en aide au *yamen*. Garde bien ce-la en mémoire ! »

---

du nez ; 剕 *fèi* (ou 刖 *yuè*), l'amputation des pieds ; 宫 *gōng*, la castration des hommes ou la réclusion des femmes ; 大辟 *dàbì*, la peine capitale.

[17] L'âme ou les (trois) âmes 魂 *hún* sont les âmes spirituelles qui quittent le corps après la mort, tandis que les âmes 魄 *pò,* au nombre de sept, restent avec le cadavre.

K'e-Hsin se réveilla : une journée entière avait passé depuis son évanouissement. Le juge Pao allait incessamment tenir la séance du tribunal ; il dut donc soumettre en hâte sa propre version des faits :

> « Les vivants meurent subitement ; les morts le sont-ils vraiment ? Les morts reviennent à la vie, les vivants sont sans reproche. La veuve s'est tuée après avoir été forcée ; elle ne pouvait certes pas ne pas mourir, mais son heure n'était pas encore venue ! Son père, constatant la mort de sa fille, a porté plainte ; il ne pouvait faire moins, mais l'accusé n'est pas le bon.
>
> « Pourquoi dis-je que l'heure n'était pas venue ? Ma belle-sœur avait été forcée, mais il eut convenu qu'elle puisse désigner le coupable, pas qu'elle meure si tôt. Son père a porté l'affaire en justice ; il faut donc mener l'enquête pour établir l'identité du perpétrateur sans impliquer à tort les innocents. J'aimais mon frère de toute mon âme et l'avais pris pour maître, et servais ma belle-sœur comme ma propre mère. Et bien que nous ne communiquions guère, j'ai toujours respecté les formes et les usages. N'osant me montrer familier envers elle, comment aurais-je pu la violer ?
>
> « Le responsable de la mort de Shu-Chen est le taoïste Yen. Le père de celle-ci n'a pas enquêté et a en conséquence accusé un innocent. Le lièvre prudent atteint son but, mais le faisan innocent est pris au filet ! Le chalut passe trop haut pour attraper les poissons, l'oie des moussons ne peut se résigner à mourir à la place d'une autre. »

Le juge se prépara à interroger Mie K'e-Hsin. Il fit appeler l'accusateur Chiang Kuang-Kuo, qui déclara :

« Quand mon gendre était malade, K'e-Hsin voulut le faire installer dans la bibliothèque ; mais ma fille s'y opposa, souhaitant soigner elle-même son époux. Après sa mort tragique, K'e-Hsin reprocha à ma fille d'en avoir été la cause ; c'est pour cette raison qu'il l'a violenté, pour passer sa colère, entraînant ainsi la mort de Shu-Chen.

— Le violeur et responsable de la mort de ma belle-sœur est le taoïste Yen, plaida K'e-Hsin.

— Le prêtre n'est resté qu'une seule soirée ici pour la cérémonie de passage, comment ses ardeurs auraient-elles pu en si peu de temps s'éveiller au point de le pousser à pénétrer dans la chambre de ma fille ? Quand les rituels ont pris fin, il est sorti en hâte par la grande porte, tous en furent témoin. Tout le reste, c'est de la poudre aux yeux.

— Il y avait plusieurs prêtres ce soir-là, dit le juge au jeune homme. Quels arguments et quelles preuves peux-tu apporter pour accuser ainsi le taoïste Yen ?

— Il y a deux jours, quand M. Chiang a déposé sa plainte, votre humble serviteur n'a pu supporter l'opprobre, répondit K'e-Hsin, en larmes. Je me suis mis à cracher du sang jusqu'à en mourir et suis allé au Séjour des Ombres où j'ai retrouvé mon frère. Il m'a réconforté en m'expliquant que Yen Hua-Yüan avait causé la mort de ma belle-sœur, et qu'il était possible de le prouver grâce à une bourse pleine d'argent que la domestique Chü-Hsiang a récupéré. Shu-Chen a inscrit cette somme sur le registre des dépenses de la famille comme paiement pour les services du prêtre. Je vous supplie, Seigneur, d'en faire la constatation.

— Comment oses-tu, devant ton magistrat, proférer cette ridicule histoire de fantômes ? » s'emporta le juge.

Il fit signe aux gardes d'administrer trente coups de bâton au malheureux K'e-Hsin. Ce dernier insista pourtant :

« L'esprit de mon frère peut appuyer mes dires ! Jamais n'oserai-je vous parler inconsidérément !

— Un esprit qui peut t'apporter de l'aide ? Alors pourquoi ne vient-il pas dès maintenant te venger de la bastonnade que je t'ai fait infliger ? »

Mais soudain le juge se sentit pris d'une immense lassitude. Pliant le bras, il posa la tête sur sa table. K'e-Chung s'invita alors dans son rêve.

« Votre Excellence est pourtant réputée pour sa perspicacité, dit l'apparition ; pourquoi faire preuve aujourd'hui d'une telle obstination ? C'est bien le taoïste Yen qui est le coupable du déshonneur et de la mort de ma femme. La femme de chambre Chü-Hsiang a récupéré l'argent dont Shu-Chen avait gratifié le taoïste en récompense de ses services, placé dans la bourse que vous m'aviez vous-même offerte à l'occasion des examens de fin de saison. Ceci est très clairement inscrit dans le registre et il vous sera aisé de reconnaître l'écriture de Shu-Chen. Vous pourrez alors établir la culpabilité de Yen et relâcher mon frère. »

Le juge se réveilla et soupira : il y a donc du vrai dans cette histoire. Un esprit m'est effectivement apparu !

« Tes paroles étaient sincères, dit-il alors à K'e-Hsin. Ton frère m'a tout expliqué, je dois cependant vérifier cela avant de te laver de l'accusation. »

Il envoya quelques sbires retrouver l'argent et se saisir de Chü-Hsiang, puis l'interrogea :

« Comment es-tu rentrée en possession de cela ?

— Cet argent était sur le cadavre de Madame, je l'ai ramassé quand il a été descendu à la réserve. »

Le juge la fit ensuite escorter pour récupérer le registre où Shu-Chen notait les dépenses quotidiennes du ménage : s'y trouvait bien inscrit le don de la bourse et de cinq lingots d'argent.

Le taoïste fut alors amené *manu militari* au tribunal. Ce n'est qu'après avoir été soumis à la question, par le supplice des bâtons en étaux, qu'il admit s'être servi d'une drogue maléfique pour séduire Shu-Chen ; il l'avait ainsi poussée à la mort puis, saisi de remords, avait introduit la bourse dans son vêtement.

Le juge Pao put alors rédiger son verdict :

« Voici les conclusions du dossier concernant Yen Hua-Yüan, adepte égaré de la voie mystique du Tao, à la lubricité sans pareille. Enfreignant la loi de son ordre, il convoita en cachette les charmes d'une chaste veuve. Ayant reçu sa gratification, il prit congé, clamant qu'il s'en retournait. Mais il s'introduisit clandestinement dans la chambre de la jeune femme pour s'y adonner au stupre le plus vil, en usant de magie : comment aurait-elle pu préserver sa conduite exemplaire ?

« Désirer et assassiner une veuve portant encore le deuil, n'est-ce pas avoir oublié la Grande Voie ? Avec cet esprit licencieux, comment faire face au Vénérable Céleste ? Et le pécheur, comment pourrait-il échapper aux Enfers ?

« Shu-Chen a été victime d'un immense préjudice. K'e-Chung m'est apparu en rêve, pour démasquer son ennemi. L'argent contenu dans la bourse est une preuve suffisante, l'inscription sur le registre supporte l'examen. Alors même que le Seigneur Lao Tzu n'autorise pas la lascivité, comment la loi de l'Empire admettrait-elle la brutale inconduite du susdit Hua-Yüan ? Il doit payer de sa vie pour son crime et n'échappera pas à la décapitation. K'e-Hsin est innocent et sera renvoyé chez lui ; Kuang-Kuo l'a accusé à tort et je compte également l'en punir de la peine capitale[18]. »

---

[18] Ce récit illustre donc un aspect tout à fait intéressant de la justice mandarinale : l'accusateur peut être puni de la peine qu'aurait risqué l'accusé s'il s'était avéré coupable. Cela relève d'une certaine logique mais explique pourquoi la population ne s'adressait qu'en dernier recours au magistrat du district et préférait régler toute seule ses problèmes, quand cela était possible (il y avait d'autres raisons, comme la corruption des personnels du *yamen* — en l'occurrence cela ne s'applique pas au juge Pao).

4

Le Salomon chinois

Où...

En sortant dans la rue,
Chin-Hsian s'attire des pépins ;

Un fripon finit frappé.

LE RÉCIT DIT qu'un certain Lo Chin-Hsian sortit par temps de pluie au douzième jour du deuxième mois. Muni d'un parapluie, il allait rendre visite à un ami. Alors qu'il passait près d'un petit pavillon dans une venelle reculée, un jeune homme lui demanda de pouvoir s'abriter sous son parapluie. Chin-Hsian refusa :

« Vous êtes sorti de chez vous sans parapluie alors même qu'il pleuvait à verse ! Comment pourrais-je abriter deux personnes sous le mien ? »

Son interlocuteur n'était autre que le nommé Ch'iu Yi-So, fripon urbain de son état, doté d'une langue de velours et habile en escroqueries de tous poils. Il répondit sur un ton enjôleur :

« J'ai bien un parapluie à la maison mais l'un de mes amis me l'a emprunté et m'a demandé de l'attendre ici même. Il n'est pas encore arrivé et je dois rentrer de toute urgence. C'est pour cette raison que je vous supplie de m'aider. Je prie mon frère aîné d'être indulgent. »

Cédant à cette plaidoirie, Lo accepta et ils se serrèrent sous le frêle abri. Arrivé au croisement de la rue du Sud, le vaurien s'empara du parapluie et dit d'un ton léger :

« Vous pouvez continuer votre chemin !

— Rendez-moi mon parapluie ! dit Chin-Hsian.

— Je vous le rendrai demain, merci de votre compréhension ! » s'esclaffa l'autre.

Chin-Hsian lui courut après :

« Espèce de coquin ! Rends-le moi ! Où comptes-tu donc l'emporter ?

— Coquin toi-même ! D'abord je ne voulais pas te le prêter, et maintenant tu oses prétendre qu'il est à toi ! C'est vraiment trop fort ! »

À ces mots Lo Chin-Hsian, exaspéré, agrippa Ch'iu Yi-So au collet et le traîna jusqu'à la porte du *yamen* où officiait le juge Pao.

*

Le juge commença par demander :

« Y a-t-il une marque quelconque sur ce parapluie que vous revendiquez tous deux ? »

Mais Lo comme Ch'iu répondirent qu'un parapluie était un ustensile de trop peu d'importance pour arborer une marque. Alors le juge continua :

« Y a-t-il eu des témoins à votre dispute ? »

Ch'iu déclara que l'altercation avait eu lieu dans une ruelle isolée, et qu'il n'avait pas de témoin. Mais Chin-Hsian dit :

« Quand il m'a demandé de lui prêter mon parapluie il y avait deux personnes qui passaient, mais je ne connais pas leur identité.

— Quelle est la valeur de l'objet ? reprit le juge.

— Un parapluie neuf vaut cinq sapèques[19].

— Et c'est pour cinq ridicules piécettes que tu viens déranger le tribunal ? »

Le juge ordonna à ses aides de déchirer le parapluie en deux et d'en rendre une moitié à chacun des plaignants avant de les chasser du *yamen*. Mais en cachette il murmura au gardien de la porte :

« Écoute bien ce que chacun dit en sortant et viens-m'en rendre compte fidèlement. »

Le portier fut très vite de retour :

« L'un des deux a osé insulter Votre Seigneurie en... hmmm ! en vous traitant d'idiot sans cervelle, l'autre a dit en ricanant : "Tu as offensé le Ciel en voulant me prendre mon pébroque, et te voilà bien malin !" »

Alors le juge Pao envoya ses sbires ramener dare-dare les deux hommes en salle d'audience.

« Lequel est celui qui m'a insulté ? »

Le gardien désigna Lo Chin-Hsian. Le juge déclara :

« Connais-tu la punition pour insulte envers ton magistrat ? »

Et il ordonna qu'on lui donne vingt coups de bâton.

« Je ne voulais pas vous offenser ! Il y a erreur judiciaire ! » protesta Chin-Hsian.

---

[19] À peu près l'équivalent de trente à soixante centimes d'euros.

Là-dessus Yi-So rajouta en jubilant :

« Il vous a injurié en public et refuse d'assumer ! Une chose est sûre, c'est qu'il a voulu m'extorquer mon parapluie. »

Le juge dit alors :

« Ne parlons même pas du parapluie, peu s'en faut que j'aie fait battre le mauvais suspect ! Il est clair désormais que le voleur est Ch'iu Yi-So. Tout à l'heure je ne pouvais trancher entre vous, aussi ai-je déchiré le parapluie. Il est compréhensible que son légitime propriétaire se soit mis en colère et m'ait insulté.

— Il est cupide et insatiable, répondit Ch'iu, et par-dessus le marché a perdu tout contrôle de lui-même quand le verdict lui a été défavorable ! Comment pouvez-vous en déduire que le parapluie est à lui ?

— Espèce de vil escroc ! s'écria le juge. Essaierais-tu de t'abuser toi-même ? En t'obstinant à l'accuser, tu es tombé dans le piège ! J'ai ordonné que le parapluie soit déchiré justement pour tenter de faire éclater au grand jour votre bonne foi ou votre hypocrisie. Sinon j'aurais dû perdre du temps à chercher et convoquer d'hypothétiques témoins, même pour une affaire insignifiante ! »

Il fit donner dix coups de bâton à Yi-So et lui infligea une amende pour compenser Chin-Hsian.

*

Par un heureux hasard les deux témoins qui avaient assisté aux manigances de Ch'iu Yi-So arrivaient en salle d'audience pile à ce moment. L'un d'eux était un nommé S'un Fu, collecteur de l'impôt agricole. En entendant le juge rétablir ainsi la vérité des faits, il ne put s'empêcher d'applaudir en disant :

« Voilà un Juge infernal incarné[20] qui n'a pas besoin de témoins ! »

Le juge Pao lui demanda ce qu'il entendait par là. S'un Fu relata la scène dans la ruelle et rajouta :

« Mais Votre Seigneurie a pu éclaircir l'affaire seule, c'est pourquoi je me devais d'exprimer mon admiration ! »

Le juge se vit ainsi confirmer qu'il avait rendu le bon verdict.

---

[20] Ce « juge infernal » est ici le 城隍 *chénghuáng* ou « Dieu des murailles et des douves », qui possède sur le territoire de la cité des pouvoirs judiciaires dans le monde des vivants comme dans celui des morts. Il est donc fréquemment rapproché du Roi des Enfers, 阎罗王 *Yánluówáng*, le Juge infernal suprême...

5

Amours bourgeoises, mort ancillaire

Où...

*Deux fidèles amis exercent très
en avance leurs devoirs patriarcaux ;*

Mademoiselle Jade Exquis excite son ex-(fiancé de jadis) ;

*La récidive d'un délinquant issu d'une famille très
nombreuse illustre la réelle difficulté pour un mandarin
d'exercer sa mansuétude dans les cas sociaux difficiles.*

L'amitié survit à la mort...

DANS LA PRÉFECTURE DE Ch'ao-Chou vivaient trois amis : Tsou Shih-Lung, Wang Chih-Ch'en et Liu Po-Lien. Leurs liens étaient aussi forts que ceux des fameux Kuan Chung et Pao Shu-Ya de l'antiquité[21] et ils partageaient le même sens du devoir et

---

[21] 管仲 *Guǎn Zhòng* et 鮑叔牙 *Bào Shūyá* : deux dignitaires de l'État de Qi pendant la période des Printemps et Automnes (- VIIe siècle), liés d'amitié indéfectible depuis l'enfance. Grâce à

de la solidarité. Vint le jour où Shih-Lung et Chih-Ch'en réussirent ensemble les examens provinciaux et, sur recommandation du mandarin local, durent partir vers la capitale pour passer les concours métropolitains. Ils avaient prévu d'embarquer sur le même navire. Le matin du départ, Shih-Lung arriva à l'embarcadère l'air affligé. Chih-Ch'en tenta de le réconforter :

« L'homme de cœur se doit d'avoir pour ambition le mérite et la gloire du succès aux examens ! Pourquoi donc soupirer ainsi à l'heure du départ ?

— Oh, ce n'est pas cela qui inquiète ton humble ami. Mais ma femme est enceinte de sept mois et devrait accoucher à la première lune alors que je ne serai pas encore de retour. Voilà ce qui m'attriste !

— La mienne est dans la même situation. Mais songe que le Ciel vient en aide aux hommes de bien et nous accordera la paix. Pas la peine de s'inquiéter !

— Toi et moi avons étudié depuis l'enfance auprès du même professeur, dit alors Shih-Lung. Plus tard nous sommes rentrés dans la même école d'État, puis nous avons passé et réussi ensemble les examens provinciaux. Et voilà qu'aujourd'hui nos épouses sont enceintes en même temps. Tout cela ne peut être simple coïncidence !

---

l'intercession de Bao (*NdT : il ne s'agit pas du même nom de famille que notre juge*), Guan Zhong fut grâcié par le duc de Qi et élevé ensuite à la fonction de Premier ministre. Il abandonna alors un mode de vie lâche et dissolu et mit en œuvre de nombreuses réformes de caractère légiste (on lui attribua plus tard l'ouvrage appelé 管子 *Guǎnzi*, en fait rédigé plus tard sous les Royaumes Combattants). Pour l'anecdote, l'une d'entre elles était la mise sur pied de la première maison close officielle dont les revenus allaient au gouvernement.

« Si tu en es d'accord, continua-t-il, voilà ce que nous allons faire : si nos enfants sont tous deux des garçons, nous les élèverons comme des frères. Si deux filles nous naissent, elles seront sœurs ; mais si nous avons un garçon et une fille, nous les fiancerons pour qu'ils soient un jour mari et femme. Qu'en pense mon frère aîné ?

— Tu as exprimé mieux que moi ce que j'avais au fond du cœur, » lui répondit Chih-Ch'en.

Il appela son domestique pour servir du bon vin et les deux jeunes gens y firent honneur ; l'appareillage se déroula comme on l'imagine dans la meilleure humeur et ils débordaient d'amitié l'un envers l'autre.

Mais à l'arrivée dans la capitale tout ne se déroula pas comme ils l'avaient prévu ; alors que Shih-Lung était brillamment reçu, Chih-Ch'en échoua de peu. Il dut alors le premier faire ses préparatifs pour rentrer chez lui. Shih-Lung l'escorta jusqu'aux faubourgs et lui demanda à leur séparation :

« Puis-je te prier de porter cette lettre à ma femme ? Je supplie mon frère aîné de veiller à ce que tout se passe aussi bien chez moi que chez lui !

— Ne t'inquiète pas, le rassura Chih-Ch'en. Il est bien entendu que tu peux te reposer sur moi pour ces questions. Tu dois quant à toi te consacrer de toutes tes forces aux examens impériaux, tu peux rattraper les trois candidats qui sont encore devant toi ! »

Et ils se quittèrent en pleurant. Arrivé chez lui quelques jours après, Chih-Ch'en retrouva sa femme, née Wei, qui avait mis au monde un garçon nommé Chao-Tung. Il lui demanda quel jour l'enfant était né.

« Le quinze du premier mois à l'heure du dragon, répondit-elle. Un peu plus tard le même jour, à l'heure du coq[22], l'épouse de ton ami Tsou a eu une fille appelée Ch'iung-Yü, *Jade Exquis.* »

Chih-Ch'en se réjouit grandement de cette nouvelle. Il apporta en personne la lettre à la femme de Shih-Lung, née Li. Elle avait déjà reçu l'annonce du succès de son mari et la lettre rajouta encore à sa tranquillité d'esprit. Shih-Lung y décrivait par ailleurs le serment de fiançailles futures que les deux amis avaient échangé sur le bateau alors que leurs épouses n'avaient pas même accouché. Une célébration s'imposait ; Mme Li ordonna à sa domestique de servir de l'alcool en l'honneur de Chih-Ch'en qui s'en retourna chez lui à moitié ivre. Par la suite, de façon parfaitement désintéressée, Chih-Ch'en prit comme son ami l'en avait prié la responsabilité des affaires de la famille Tsou[23].

Quelques mois plus tard, Shih-Lung revint de la capitale, ayant réussi aux examens du Palais et décroché une affectation de magistrat de district. Il demanda à leur troisième ami Liu Po-Lien de jouer le rôle d'entremetteur entre les deux familles. Chih-Ch'en offrit en présent de fiançailles un rouleau d'étoffe précieuse et

---

[22] 辰时 *chén shí* : « début de matinée », soit entre 7 et 9 heures du matin, également appelé l'heure du dragon. L'heure du coq, 酉时 *yǒu shí*, correspond bizarrement à de 5 à 7 heures de l'après-midi. La journée est traditionnellement divisée en douze tranches horaires qui sont parfois désignées par les Douze rameaux terrestres ou 地支 *dìzhī*, chacun étant associé à l'un des douze animaux du zodiaque chinois.

[23] Il s'agit en fait uniquement des 外事 *wàishì* ou « affaires extérieures », c'est-à-dire les questions qui exigeraient un contact avec des personnes étrangères au foyer : dans les bonnes familles il n'était en effet pas convenable que les épouses rencontrent des inconnus. Les affaires domestiques restaient gérées par l'épouse.

un sceptre bouddhique en jade incrusté d'or, symbole de chance[24]. Shih-Lung répondit par un miroir monté sur un cadre de jade d'azur et une paire d'épingles à cheveux.

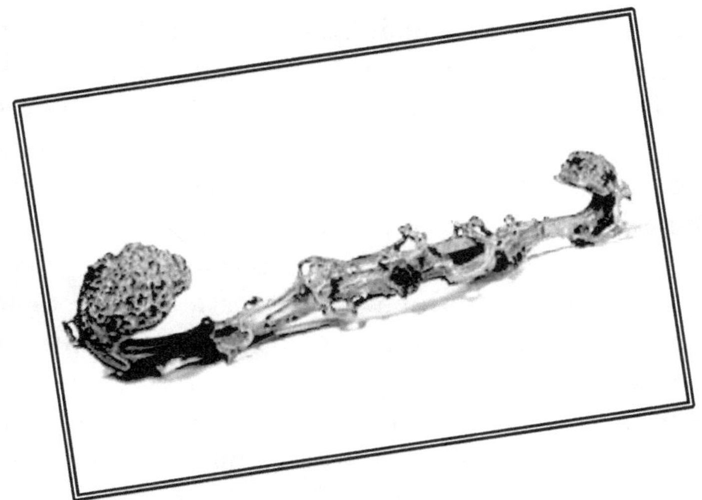

**Un magnifique exemple de « sceptre bouddhique ».
Modèle sculpté dans le bambou.**

Enfin Shih-Lung dut partir avec sa famille pour rejoindre son poste. Chaque mois sans faute les amis s'échangeaient une lettre. Chih-Ch'en cependant échoua encore plusieurs fois aux examens de niveau supérieur et dut se contenter d'un emploi de précepteur avant d'obtenir un poste de petit fonctionnaire comme adjoint à l'administrateur de la préfecture de Sung-Chiang. Mais il advint qu'il tomba gravement

---

[24] Il s'agit de l'ustensile 如意 *rúyì*, « symbole de l'autorité du supérieur d'un monastère et de la loi du Bouddha qui comble tous les désirs » (d'après le grand dictionnaire Ricci). Il peut être fabriqué dans toutes les matières mais la plus noble est bien sûr le jade, gravé et décoré de façon plus ou moins sobre.

malade. Avant de mourir, il fit parvenir à Shih-Lung une dernière missive dans laquelle il ne lui demandait rien d'autre que de veiller sur son fils. Puis il rendit l'âme sur le lieu même de son travail qu'il avait poursuivi jusqu'au bout.

À cette époque, Shih-Lung occupait la fonction d'intendant judiciaire régional à la capitale du Sud. Il fut bouleversé à la lecture de la lettre de son ami et se rendit en personne auprès de sa dépouille. Chih-Ch'en avait été un petit fonctionnaire d'une scrupuleuse honnêteté et n'avait accumulé aucune fortune. Après en avoir demandé l'autorisation à ses supérieurs hiérarchiques, Shih-Lung paya de sa poche deux cents onces d'argent et organisa le retour du cercueil, en voiture à cheval et par bateau, jusqu'à leur pays natal où eurent lieu les funérailles. À la fin de la cérémonie des obsèques Shih-Lung souhaita prendre Wang Chao-Tung chez lui pour qu'il puisse recevoir une éducation. Mais l'enfant refusa :

« La période du deuil de Père n'est pas encore achevée et qui plus est ma mère est veuve et sans revenus. Comment un fils oserait-il s'éloigner dans ces conditions ? »

Shih-Lung admira la piété filiale de Chao-Tung. Il accorda à la famille une petite allocation et incita Chao-Tung à étudier sérieusement. Et malgré des conditions de jour en jour plus difficiles, l'enfant fut admis à quatorze ans dans une école confucéenne. Shih-Lung fut transporté de joie à cette nouvelle et lui adressa de chaleureuses félicitations.

... mais pas à la cupidité !

MAIS DE CE JOUR, Chao-Tung ne put plus se consacrer qu'aux études et devait être nourri, logé et blanchi sans travailler ; la misère de la famille empira. Entre-temps, Shih-Lung, toujours sans enfant mâle, avait été promu conseiller gouvernemental. Il demanda à prendre sa retraite pour rentrer au pays. Chao-Tung et Liu Po-Lien vinrent lui rendre visite pour l'accueillir et le féliciter ; l'adolescent n'avait pas pu, même à cette occasion, se revêtir d'autres habits que ses guenilles habituelles. Comme tous les magistrats et notables de la Préfecture étaient venus lui rendre hommage, Shih-Lung ressentit une grande honte à son apparition, et sous le coup de cette perte de face, son cœur s'assombrit d'un coup.

Cependant Chao-Tung avait atteint l'âge de seize ans ; sans se douter de rien il demanda à Po-Lien d'aller parler pour lui à Shih-Lung afin de fixer le jour du mariage prévu depuis tant d'années. Le conseiller en retraite dit alors :

« Bien que j'aie à l'époque échangé avec son père de petits cadeaux de fiançailles, il n'a toujours pas été procédé au rituel de l'envoi des présents de mariage. Ma fille est une jeune femme de très grande valeur. Or nos deux familles ne sont certes pas gens du commun ; si Chao-Tung veut sceller le mariage, il doit d'abord présenter les six cadeaux rituels que veut la tradition. »

Quand on lui rapporta ces propos, Chao-Tung fut abasourdi :

« Il sait pourtant que ma famille est misérable et

n'en a pas les moyens. Pourquoi mettre tant d'obstacles à une union agréée de longue date ? N'importe ! Je vais redoubler d'efforts et si par chance j'arrive à quelque chose, je reviendrai à la charge. »

Puis il se tut et de cet instant n'évoqua plus la question.

Un jour vint où le conseiller appela sa femme et lui dit :

« Notre fille est en âge désormais, nous devons lui trouver un époux.

— Il y a quelque temps, le jeune gentilhomme Wang est venu pour demander à conclure le mariage. Certes, sa famille est très pauvre, mais notre seul enfant est une fille. Pourquoi ne pas adopter Wang Chao-Tung et l'accepter dans notre famille ? Ne ferions-nous pas ainsi d'une pierre deux coups[25] ? Était-il nécessaire de l'obliger à offrir l'ensemble des six cadeaux ?

— À la vue de ce garçon j'ai su tout de suite qu'il ne serait jamais qu'un lettré pauvre, répondit Shih-Lung. Dans la position honorable où je suis, je ne peux me permettre d'avoir un tel pouilleux pour gendre. Je savais qu'il n'avait pas l'argent pour les cadeaux et c'est bien pour cette raison expresse que j'ai posé ces conditions. Mais mon frère Liu m'a rapporté qu'en apprenant ma décision le jeune Wang s'est vanté effrontément de pouvoir changer sa misérable situation. Laissons passer encore une année ; je demanderai alors à Liu de retourner lui parler. S'il

---

[25] En effet, dans ce cas là le jeune homme devrait adopter le nom de famille de son beau-père et il serait en mesure plus tard de procéder aux rituels du culte des ancêtres au profit de la famille Tsou. La pratique était courante en Chine ancienne.

n'est toujours pas en mesure de fournir les cadeaux, je lui donnerai cent onces d'argent pour qu'il accepte de rompre les fiançailles et qu'il puisse aller se marier ailleurs. Quoi qu'il en soit, je ne laisserai pas ma fille dans l'incertitude en attendant le bon plaisir de ce M. Wang !

— Mais bien qu'il soit pauvre, argua encore sa femme, il est très assidu à l'étude et a toutes les chances de réussir à l'avenir. Même si son père est décédé, ta promesse est toujours valable. Peut-on rompre une telle alliance pour de si basses raisons ?

— Peut-être ne comprends-tu pas mes raisons, mais je sais ce que je fais ! » rétorqua l'ancien dignitaire.

Aucun des deux époux n'avait réalisé que Ch'iung-Yü, cachée derrière un paravent, avait surpris toute la conversation.

*

Le lendemain, la jeune fille était dans le jardin à l'arrière de la maison, à contempler les fleurs avec sa domestique Tan-Kui, *Osmanthe Rouge*. Chao-Tung passait à ce moment-là par hasard dans la ruelle le long du mur d'enceinte, fissuré par endroits.

« Tiens, voilà justement le jeune Monsieur Wang », chuchota Tan-Kui en le désignant.

Le regard de Ch'iung-Yü croisa brièvement celui du jeune homme. Modestement, Chao-Tung se détourna et s'éloigna. Ch'iung-Yü vit qu'il était couvert de haillons mais que son port était altier et ses traits élégants. En son cœur elle sentit naître une émotion inconnue. Dès le lendemain elle retourna avec sa petite bonne dans le jardin. Chao-Tung, de son côté, n'avait pu oublier les traits fins comme la Lune naissante et les pupilles brillantes comme des étoiles de la jeune fille, dont il comprit qu'elle était bien cette Ch'iung-Yü qui lui avait été promise depuis toujours. Le jour d'après ses pas le portèrent irrésistiblement vers la même ruelle. Ch'iung-Yü donna l'ordre à Tan-Kui d'appeler : « Monsieur Wang ! » Mais Chao-Tung n'osait s'approcher, de peur d'être vu par des passants. La domestique insista à plusieurs reprises, se faisant de plus en plus pressante ; Chao-Tung comprit que Ch'iung-Yü avait quelque chose à lui dire. Celle-ci, encore, fit signe à Tan-Kui d'ouvrir la petite porte qui donnait sur la ruelle. Le jeune homme s'y engouffra. Ch'iung-Yü ne perdit pas de temps et l'accueillit en lui racontant d'emblée ce qu'elle avait entendu de la bouche de son père. Chao-Tung lui dit :

« Cette union avait été décidée par nos pères. Bien que je sois aujourd'hui plongé dans la misère, je n'accepterai sous aucun prétexte ni l'argent, ni d'annuler nos fiançailles ! Mais si ton honoré père veut que tu prennes époux, peux-tu faire autre chose que suivre sa volonté ?

— Mon père, ah oui ! Il a changé de sentiment et renié sa promesse et il est hors de question que je lui obéisse ! Tu dois te consacrer pleinement à l'étude pour que nous soyons en fin de compte réunis. Mais nous sommes en plein jour et je crains que l'on puisse nous voir ; il nous faut donc nous quitter. Reviens ce soir même, j'ai encore à te parler. »

Chao-Tung s'en alla et attendit que l'heure avance et que les rues se vident. Il retourna près de la petite porte que Tan-Kui ouvrit sans attendre :

« Mademoiselle vous prie de rentrer.

— J'ai peur que ton maître ne l'apprenne et que vous soyez toutes deux sévèrement punies… dit le jeune homme.

— Le maître et la maîtresse sont endormis, vous pouvez venir sans crainte. »

Chao-Tung hésitait encore et Tan-Kui dut le presser. En arrivant dans la chambre de Ch'iung-Yü il vit la table dressée, mets fins et alcools qui l'attendaient. Tan-Kui les laissa assis l'un en face de l'autre. Mais le désir s'était brusquement emparé du garçon et il se jeta sur Ch'iung-Yü avec l'intention très apparente de la posséder. Elle le rabroua :

« J'ai organisé cette petite soirée par pitié envers ta misère. Comment peux-tu te laisser aller à ce point ? Si je te cède à la légère aujourd'hui, quelle valeur aura donc notre cérémonie de partage du vin nuptial ?

— Je n'ose te contredire sur ce point, admit Chao-Tung. Puis, revenant à des soucis moins immédiats : si ton père persiste à rompre l'alliance entre nos deux familles, que comptes-tu faire ?

— S'il cède à son envie de se trouver un autre gendre, jamais je ne lui obéirai. Un ancien proverbe dit : *les fils de soie noués ne peuvent plus être défaits.*

— Peut-être penses-tu ainsi, mais j'ai bien peur que la décision finale ne soit pas de ton ressort !

— Si mon père tente de me forcer la main, la mort sera mon dernier refuge. »

Elle attira à elle la main du jeune homme et fit serment au Ciel de son amour éternel. Puis ils burent à leur avenir. À la troisième veille, l'alcool avait produit ses effets sur la jeune fille : Ch'iung-Yü s'endormit tout habillée sans avoir congédié son partenaire. Chao-Tung voulut sortir mais Tan-Kui le retint :

« Mademoiselle s'est endormie sans vous avoir tout dit. Restez donc un petit moment pour attendre qu'elle se réveille ! »

Chao-Tung retourna dans la chambre et contempla Ch'iung-Yü allongée ; il lui semblait voir un bourgeon de fleur de pommier à bouquet. N'y tenant plus, il s'allongea près d'elle et l'embrassa.

« Je suis un peu pompette, il semble que j'ai baissé la garde... » dit Ch'iung-Yü d'une voix cotonneuse en entrebâillant les paupières.

Chao-Tung la supplia de lui accorder ses faveurs ; la jeune fille n'avait plus la force de se refuser à lui et lui ouvrit les bras et sa couche.

Les deux jeunes gens se levèrent quand le coq chanta. Ch'iung-Yü prit trois rouleaux de soie, une paire de bracelets et une autre d'épingles à cheveux ornées qu'elle offrit à Chao-Tung en lui enjoignant de revenir le soir même. Pendant les deux mois qui suivirent le même manège se reproduisit : Chao-Tung venait le soir et ne repartait qu'à l'aube.

Mort d'une chambrière.

Un soir, la mère de Chao-Tung tomba malade et il ne put se rendre chez sa fiancée. Tan-Kui attendit longtemps près de la porte de derrière sans le voir arriver mais entendit soudain un bruit de pas dans le noir. Elle appela : « Le jeune seigneur est enfin là ! » C'était un maraudeur qui rôdait dans la ruelle... Profitant de l'aubaine, il bouscula la domestique et s'introduisit dans la cour. Tan-Kui comprit son erreur et rentra en toute hâte dans la maison. L'homme la suivit et la transperça d'un coup de couteau avant qu'elle n'ait eu la présence d'esprit de se mettre à crier. À ce moment Ch'iung-Yü sortait de sa chambre. À la faible lueur d'une lampe qui brûlait dans le boudoir elle aperçut le criminel. Penché sur le cadavre, il ne l'avait pas entendue ; elle passa par la première porte qu'elle trouva ouverte et tenta de se dissimuler dans un coin sombre. L'assassin rentra dans sa chambre et fit main basse sur tout ce qu'il put trouver avant de prendre la poudre d'escampette. Ce ne fut qu'au jour venu que Ch'iung-Yü osa rendre compte du cambriolage à sa mère, qui lui demanda :

« Pourquoi n'as-tu pas crié ?

— J'ai vu que Tan-Kui avait été tuée de sang-froid, et de peur de subir le même sort je n'ai pas osé donner l'alarme. Je n'ai songé qu'à me cacher... »

Shih-Lung rentra dans les appartements de sa fille et vit que le cadavre de Tan-Kui reposait juste derrière la porte du jardin.

« Comment ta domestique a-t-elle pu être tuée à cet endroit ? » demanda-t-il.

Sa fille fut bien en peine de lui répondre et l'ancien conseiller en conçut quelques soupçons. Mais Ch'iung-Yü avait reçu un tel choc qu'elle dut s'aliter et il n'insista pas.

Avant d'aller porter plainte, Shih-Lung envoya son homme de confiance, du nom de Mei Wang, fouiner un peu partout en ville pour voir s'il ne parvenait pas à trouver des traces du butin envolé et rapporter quelques preuves.

Or, pour soigner la maladie de sa mère, Chao-Tung avait besoin d'argent et ce matin-là il se rendit chez Jao Kuei, orfèvre de son état, pour lui proposer à la vente l'un des bracelets que lui avait donnés Ch'iung-Yü. Jao Kuei exposa le bijou dans sa boutique. Comme Mei Wang passait dans la rue des orfèvres, il vit par la fenêtre le bracelet sur un étal ; il rentra dans la boutique et s'enquit :

« D'où vient ce magnifique objet ?

— Le jeune Monsieur Wang me l'a apporté. Il est prêt à le vendre pour une certaine somme d'argent, répondit l'orfèvre.

— Eh bien, je vais voir mon maître de ce pas, il vous fournira ladite somme.

— En fait, dit l'autre, il m'a aussi dit qu'il ne souhaitait pas que son nom soit divulgué. Mais pour un bon client comme maître Tsou, n'est-ce pas... Seulement, ne faites pas savoir à Wang que j'ai dit quoi que ce soit ! Je ne souhaite pas qu'il m'en veuille ! »

À ces mots, il confia le bracelet à Mei Wang qui rentra chez Tsou Shih-Lung et lui rapporta :

« Ce bijou me rappelle quelque chose, il faudrait que Madame vienne l'examiner.

— C'est bien l'un des bracelets de ma fille, dit la mère dès qu'elle vit l'objet. Où l'avez vous retrouvé?

— Sur l'étal d'une boutique d'orfèvrerie, répondit Mei Wang. Le marchand a déclaré que c'était le nommé Wang Chao-Tung qui le lui avait remis.

— Ah! Ce jeune homme a donc changé de conduite morale en raison de sa pauvreté, et en est venu à de telles extrémités ! »

Shih-Lung conclut l'entretien et rédigea sur-le-champ sa plainte qu'il confia à Mei Wang pour qu'il la dépose au tribunal :

« Je rends compte d'un double crime : le meurtre d'une de nos domestiques suivi du cambriolage de notre domicile. L'infâme Wang Chao-Tung, fils indigne du regretté Wang Chih-Ch'en, n'a su assurer ses devoirs et a dilapidé les biens familiaux. Pour assouvir sa faim, il se plaint de n'avoir rien à manger et d'être pris de vertiges. Pour se protéger du froid, il se plaint de n'être couvert que de haillons et de grelotter... Sous prétexte que son père et moi étions proches, il tenta de s'imposer à notre foyer.

« Mais ce mois-ci, une nuit à la deuxième veille, il s'introduisit subrepticement dans notre résidence et tenta de forcer la domestique Tan-Kui. Comme elle lui opposait de la résistance, il l'a tuée et sans vergogne aucune a poursuivi ses méfaits en s'emparant d'un nombre considérable de nos biens.

« Le lendemain, j'ai pu retrouver chez un orfèvre un bracelet en or qu'il y avait déposé pour tenter d'en tirer de l'argent : c'est une preuve suffisante de sa culpabilité. Par le vol et l'assassinat, il a gravement enfreint la Loi. Je m'incline en Vous suppliant de retrouver le butin et de faire payer le coupable de sa propre vie ; seule l'extermination des malfaiteurs est susceptible de procurer la paix aux gens de bien. J'en ai terminé. »

Le magistrat n'était autre que l'incorruptible juge Pao, à l'esprit aussi pénétrant que la lueur de la lune d'automne. Il ordonna à deux de ses sbires d'aller mettre le grappin sur Chao-Tung.

Celui-ci réagit en déposant lui aussi plainte dès le lendemain matin :

« L'accusation cause un tort pire que celui qu'elle croit dénoncer. Si un foyer se voit dépossédé de ses richesses, faut-il pour autant prétendre que le voisin se les est appropriées ? Si un homme de Yue vend du vin, pourquoi marchander le prix avec l'homme de Qin ?

« Je m'efforce de progresser dans la même voie que mon père, qui avait choisi d'étudier les lettres et les rites. En tant que licencié provincial, il avait été nommé au poste d'assistant à la préfecture de Sung-Chiang ; fonctionnaire intègre, sa bourse était restée vide. Quant à Votre humble serviteur, malgré ses très piètres capacités il a pu intégrer une école d'État.

« Tsou Shih-Lung a jadis accepté d'être un jour mon beau-père et des cadeaux ont été échangés en ce sens ; sa fille unique Tsou Ch'iung-Yü était en agrément avec ce projet d'union conjugale. Mais ma famille étant misérable, il m'était impossible de souscrire au rituel des six cadeaux de mariage. Dotée d'une âme charitable, Ch'iung-Yü a voulu d'elle-même me faire don en cachette de quelques bracelets, épingles à cheveux et étoffes. Mais son père aime la fortune et méprise la misère ; à plusieurs reprises, il a tenté de m'éloigner et de me persuader de prendre une autre épouse.

« Le piège était tendu depuis longtemps, mais s'est déclenché aveuglément. En raison du crime commis par je ne sais quel malfaiteur, c'est sur moi que retombe le malheur. Tsou Shih-Lung a voulu rompre les liens entre les deux familles créés par son amitié avec mon père et n'a réussi qu'à causer une nouvelle attirance réciproque à la génération suivante ; mais comme la chambrière a été tuée par un brigand, c'est le gendre présumé qui se voit désormais menacé de mort !

« J'implore le Ciel de permettre que ce crime atroce soit l'objet d'une enquête et le perpétrateur arrêté, lui qui a mis fin à la vie d'une jeune fille et détruit les perspectives d'un futur mariage ! Que le piège soit écarté et la paix ramenée. Je dépose ma plainte avec une profonde affliction. »

Le juge entama les interrogatoires sans tourner autour du pot :

« Si ce n'est pas toi qui as tué la domestique Tan-Kui, comment donc es-tu rentré en possession de ce bracelet en or ?

— C'est Mlle Ch'iung-Yü elle-même qui a offert ce bracelet au bachelier que je suis.

— Ceci est fort peu plausible ! s'indigna le juge.

— Elle pourrait en témoigner elle-même.

— Entreteniez-vous des relations coupables avec Mademoiselle Ch'iung-Yü? demanda le juge après un moment de réflexion.

— Je n'oserais... » dit le jeune homme.

Chao-Tung semblait désireux de parler mais se tortillait, honteux et gêné. Le juge comprit son sentiment et décida de poursuivre l'interrogatoire dans une seconde salle, loin de la foule amassée dans la salle d'audience du tribunal. Une fois Chao-Tung protégé de la curiosité de tout un chacun, il le pressa de nouvelles questions:

« Si tu n'avais pas de relations avec elle, pourquoi t'aurait-elle fait don de tant de cadeaux ?

— En d'autres circonstances, jamais je n'aurais osé parler, pour préserver la vertu et la réputation de Mlle Ch'iung-Yü. Mais puisqu'une telle catastrophe est arrivée, je ne peux plus me taire. »

Chao-Tung, prosterné pour éviter d'avoir à

affronter le regard réprobateur du juge, décrivit donc en détail tout ce qui s'était passé depuis plus de deux mois.

« Je crains qu'il n'en soit pas tout à fait ainsi, dit le juge. Mais je ne peux faire autrement que d'organiser une confrontation. Demain tu répéteras tout ce que tu viens de dire et nous verrons comment son père réagira ; je serai sans doute obligé d'appeler la jeune fille comme témoin. Si tu dis vrai, tu devras l'épouser. Si tu as menti, tu le paieras de ta vie ! »

Le jeune garçon frappa le sol de son front dans un triple *kowtow* :

« J'implore Votre Seigneurie de mener ses investigations jusqu'au bout ! »

*

Le lendemain le juge Pao rassembla les plaignants. Shih-Lung s'adressa à lui en ces termes :

« La conduite de ce jeune homme est typique de la perversité d'une certaine jeunesse. Je prie Votre Seigneurie, dans l'intérêt de l'Empire, d'ordonner qu'il soit décapité conformément à la Loi !

— La raison veut que la Loi s'applique, répondit le juge. Mais la Loi dépend des circonstances. Chao-Tung appartient également à une famille mandarinale, et en a été jusqu'ici un héritier méritant ; cela rajoute, comme vous le comprenez bien, plusieurs degrés de complexité à l'affaire...

« Ton père était un honnête serviteur de l'État, continua-t-il en s'adressant à Chao-Tung. Maintenant que tu es un criminel, n'as-tu pas honte d'avoir ainsi entaché la réputation de ta famille ?

— Le bachelier que je suis a toujours observé les Rites et respecté les préceptes d'humanité et de justice ; comment pourrais-je accepter un tel jugement ?

— Si cela n'est pas vrai, d'où vient le bijou ?

— C'est sa fille qui me l'a offert, je ne l'ai pas volé.

— Il est évidemment coupable et ne dispose d'aucun alibi valable, aussi s'efforce-t-il de rejeter le blâme sur mon enfant ! répondit Shih-Lung avec feu.

— Comment as-tu eu accès au boudoir de sa fille ? demanda le juge Pao.

— Il y a une explication à tout cela... commença Chao-Tung.

— Il y a une explication ? Et quelle est-elle ? Je serai curieux de l'entendre.

— Au troisième mois du printemps, ayant à faire dans le quartier je passais dans la ruelle derrière le jardin de la résidence des Tsou. Mlle Ch'iung-Yü et sa servante Tan-Kui s'y trouvaient par hasard pour admirer les fleurs. Nos regards se sont croisés pendant un temps très bref mais qui m'a semblé infini. Quand je suis repassé au même endroit le lendemain, Ch'iung-Yü s'y trouvait encore. Elle a ordonné à la domestique de me faire rentrer dans le jardin. Elle m'a alors raconté avoir entendu son père dire à sa mère qu'il avait décidé de rompre nos fiançailles. Il comptait envoyer une connaissance commune me proposer cent onces d'argent. Mais Madame n'était pas d'accord.

« Ayant terminé son récit, Ch'iung-Yü s'est alors aperçu que j'étais vêtu comme un miséreux et m'a demandé de venir continuer notre conversation dans la soirée. Je me suis rendu à ce rendez-vous ; Tan-Kui a ouvert la porte de derrière et nous a servi plats et alcools. Puis Ch'iung-Yü m'a offert une paire de bracelets dorés, des épingles à cheveux en argent et trois rouleaux de soie.

« Quelque temps après, sous la contrainte des circonstances, j'ai été contraint de tenter de vendre l'un des bracelets chez un orfèvre pour pouvoir acheter des médicaments à ma mère malade. C'est leur homme de confiance Mei Wang qui l'a découvert. Quant au meurtre de Tan-Kui, je ne suis au courant de rien. Je supplie Votre Seigneurie de juger de ma vertu et de bien vouloir considérer que je suis l'unique fils de mon père décédé, ma mère étant souffrante. Je Vous implore d'aider à la réalisation de ce mariage depuis si longtemps promis, et je souhaite que Vous puissiez au plus vite appréhender le véritable assassin afin qu'il subisse son légitime châtiment. Je serai un jour en mesure de retourner la générosité de mon bienfaiteur !

— S'il en est vraiment ainsi, dit le juge à Shih-Lung, pourquoi s'en prendre à ce jeune homme ? Monsieur pourrait faire preuve de mansuétude.

— Toutes ces paroles ne sont que du vent, répondit Shih-Lung. Jamais ma fille n'a eu un tel comportement de dévergondée ; cela n'a pas un seul soupçon de vérité !

— Il faut donc que Mademoiselle vienne en témoigner elle-même. Nous pourrons alors trier le vrai du faux dans le discours du suspect, comme les eaux de la Ching et de la Wei se distinguent par leur couleur[26].

---

[26] Proverbe : 泾渭自分 *jīng wèi zì fēn* : « La Jing et la Wei se distinguent d'elles-mêmes ». Ces deux rivières coulent dans la pro-

— Si Mlle Ch'iung-Yü accepte la confrontation, dit Chao-Tung, je suis prêt à subir toutes les conséquences de mes prétendus mensonges, jusqu'à la mort ! »

Shih-Lung, bien entendu, n'était pas du tout sûr d'avoir raison. Car d'abord, si le jeune homme mentait, comment aurait-il pu être ainsi au courant de ce qu'il avait lui, Shih-Lung, déclaré à sa femme à propos des fiançailles ? Mais s'il disait la vérité... L'ancien conseiller ne pouvait se l'admettre : il en aurait ressenti une terrible honte. Il ne savait donc sur quel pied danser. Le juge Pao, cependant, le pressait de se décider :

« Votre Excellence, nul mieux que vous ne connaît les lois de l'Empire. Comment ne pas accepter une enquête plus approfondie ?

— Et nul ne connaît mieux ses enfants qu'un père[27], répondit Shih-Lung ainsi piqué dans sa vanité. Si de telles turpitudes s'étaient déroulées sous mon humble toit, n'en aurais-je pas eu connaissance ?

— Il est à craindre que si ces faits étaient avérés, ils constitueraient en effet de graves manquements à la morale. Mais puisque vous pensez que ce n'est pas le cas, que risque votre fille à venir témoigner ici même et laver son nom de toute tâche ? »

Shih-Lung resta coi, ne sachant que répondre. Puis il renvoya Mei Wang pour qu'il ramène Ch'iung-Yü jusqu'au tribunal dans un palanquin. Dès son arrivée

---

vince du Shaanxi. La Jing est l'affluent et ses eaux sont beaucoup plus claires que celles de la Wei.

[27] Il s'agit d'un autre proverbe, éminemment confucéen : 知子莫若父 *zhī zǐ mò ruò fù,* en général suivi de 知臣莫若君 *zhī chén mò ruò jūn* « nul mieux qu'un souverain ne connaît ses sujets ».

Mei Wang rendit compte à la maîtresse de maison et ils rentrèrent dans les appartements de la jeune fille pour aborder la question avec Ch'iung-Yü. Celle-ci, prise de terreur à l'idée d'apparaître en public, pensa néanmoins : *si je ne vais pas témoigner en sa faveur, Chao-Tung ne pourra être disculpé.* Et Mei Wang insistait :

« Le seigneur Pao attend Mademoiselle pour l'interroger ! »

Ch'iung-Yü grimpa dans le palanquin. Elle en descendit à son arrivée au tribunal et fut immédiatement introduite en salle d'audience. Le juge lui demanda sans préambule :

« Ce jeune impudent a déclaré que vous lui avez offert des bracelets en or. M. votre père affirme que ces bijoux sont en fait le butin du cambriolage qui a donné lieu au meurtre de la domestique. Il ne tient qu'à vous de démêler le vrai du faux. Parlez, au nom de la Justice ! »

Morte de peur et de honte, Ch'iung-Yü ne put articuler le moindre mot.

« Si tu as eu le moindre sentiment pour moi, parle, je t'en supplie ! intervint Chao-Tung. Souhaites-tu donc que je meure ? »

Mais Ch'iung-Yü, d'âge trop tendre pour supporter les terribles circonstances dans lesquelles elle se trouvait, n'en fut pas plus bavarde. Le juge Pao abattit plusieurs fois un pion sur son échiquier en déclarant d'une voix forte :

« L'outrecuidance de cet individu dépasse les bornes ! Il professe à voix haute les enseignements des maîtres Confucius et Mencius, mais continue à se comporter comme le dernier des brigands et des rebelles ! Comment ose-t-il user de tant de mensonges pour tromper son magistrat et induire en erreur les autorités ?

« Administrez-lui quarante grands coups de bâton, ordonna-t-il alors aux sbires. Nous allons bien voir s'il n'avoue pas son crime capital ! »

À ces mots Chao-Tung, qui après tout n'était lui-même qu'à peine sorti de l'enfance, s'effondra. Il se jeta à terre et versa toutes les larmes de son corps. Mais entre deux sanglots il put encore articuler :

« Mademoiselle, après ce que nous avons vécu, comment pouvez-vous ainsi manquer de cœur ? Le serment que nous avons passé cette nuit-là, ne compte-t-il donc pas pour vous ? Si je subis aujourd'hui le supplice, ce sera de votre faute ! Et si je meurs sous les coups, qui s'occupera de ma vieille mère malade ? »

Ch'iung-Yü, la tête baissée et les yeux emplis de larmes, avoua enfin d'un seul trait :

« C'est bien moi qui lui ai donné le bracelet en or. Ce n'est pas lui qui a tué Tan-Kui. J'ai pu apercevoir le meurtrier à la lueur de la lampe : c'était un homme d'âge moyen avec un semblant de barbe.

— La vérité a parlé, dit immédiatement le juge Pao. Je suspends le châtiment ! »

Éperdu de bonheur, Chao-Tung se releva pour se jeter aux pieds de la jeune fille. Ch'iung-Yü vit que ses cheveux étaient défaits et s'agenouilla pour lui refaire sa coiffure.

À ce spectacle Shih-Lung sentit la moutarde lui monter au nez. Il tenta de contrer le témoignage de sa fille :

« Cette enfant était absolument terrifiée en découvrant un homme penché au-dessus d'un cadavre !

Comment aurait-elle pu voir clairement de qui il s'agissait ? Ne tenez pas compte de ses divagations ! »

Ch'iung-Yü avait dû faire un énorme effort sur elle-même pour s'exprimer ainsi en public ; voyant son père saisi de fureur elle n'osa plus ouvrir la bouche. Mais Le juge dit alors :

« Certes, votre fille a été si effrayée que ses yeux n'ont sans doute pas pu bien voir ; peut-être avez-vous été témoin vous-même de la scène pour mieux nous la décrire ?... Et si vous disposez ainsi d'une preuve irréfutable de la culpabilité du sieur Wang, pourquoi tant de discours ? Mais je vous le demande : si Tan-Kui servait d'arrangeuse pour les rendez-vous nocturnes de ces deux jeunes gens [28], pourquoi

---

[28] En version originale les choses sont dites de façon plus allusive. Le juge Pao emploie pour parler des 'rendez-vous nocturnes' l'expression 待月 *dàiyuè* 'attendre (sous) la Lune', qui fait écho au 西厢 *xīxiāng* 'aile/bâtiment à l'ouest' utilisé par Shih-Lung dans sa réponse pour désigner les 'histoires d'amour'. Réunies, ces deux termes forment une locution qui désigne en effet les rendez-vous clandestins des amants. Elle est tirée d'un roman de la dynastie des Tang où figure le poème suivant *(traduction libre par AB)* :

J'attendrais sous la Lune, dans la chambre de l'ouest
Et pour vous ma porte restera entr'ouverte ;
Quand des fleurs le long du mur l'ombre frémira,
Je saurai que mon bel amant est enfin là.

Dans ce roman la chambrière de l'amoureuse est nommée 红娘 *Hóngniáng* 'Jeune fille rouge', ce qui peut signifier 'Belle jeune fille' : ce type de prénom relativement impersonnel est typique des couches inférieures de la société. Comme Tan-Kui dans ce récit, elle aide et facilite les rencontres des deux amants. Aussi ce nom est-il en langue littéraire (que manient forcément à la perfection tant le juge que l'ancien conseiller) devenu synonyme d'entremetteuse non officielle... et le juge l'utilise plutôt que le terme assez vilain « d'arrangeuse ». Il eût été élégant, mais un

diantre aurait-il éprouvé le besoin ou l'envie de l'assassiner ?

— Ma fille est encore une enfant, croyez-vous donc à ces bobards d'histoires d'amour ?

— S'il en était besoin, de voir votre fille recoiffer ce garçon de façon si spontanée m'a convaincu de la réalité de leurs sentiments partagés. Est-il vraiment nécessaire d'en arguer ?

— C'est exact, je reconnais mon erreur, lâcha alors Shih-Lung à contrecœur. Je me repose sur Votre Seigneurie pour statuer sur cette affaire.

— Pour ce que j'en ai compris, vous et le père de ce jeune homme avez autrefois été à la même école et étiez très proches. Avant même la naissance de vos enfants respectifs vous les avez fiancés l'un à l'autre. Il est par ailleurs évident qu'ils s'aiment. Dans ces conditions, pourquoi refuser de les marier ?

— D'après ce que ces deux-là disent, Chao-Tung n'est en effet pas le meurtrier de Tan-Kui, je veux bien l'admettre. Mais ce sont malgré tout leurs errements qui ont conduit au meurtre de la domestique. Il doit donc débusquer l'assassin, à cette condition seulement accepterai-je de ne plus le tenir pour responsable de cette mort.

— Le coupable ne sera pas difficile à confondre, affirma le juge. Vous pourrez alors choisir une date pour le mariage. »

Shih-Lung sortit de la pièce, encore plein d'indignation. Le juge Pao ordonna à Ch'iung-Yü et à Chao-Tung de regagner leurs domiciles respectifs.

---

tant soit peu anachronique, de traduire ce nom par celui de l'une des innombrables soubrettes qui remplissent peu ou prou la même fonction dans les pièces de Molière !

Songe partagé, ruffian raflé.

En ARRIVANT À son pauvre logis ce soir-là, Chao-Tung brûla un bâtonnet d'encens et s'adressa aux mânes de son père :

« Votre fils est par malheur victime d'une catastrophe, et notre nom en a été entaché. Je dois désormais aider à retrouver un meurtrier mais n'ai pas la première idée de comment procéder. Père, vous qui étiez si plein de ressources, montrez-moi le chemin ! »

Puis il alla se coucher. Dans la nuit il rêva que son père Chih-Ch'en venait s'asseoir dans sa chambre. Chao-Tung le salua respectueusement. Chih-Ch'en jeta au sol une paire d'écailles de divination[29]. Les écailles formèrent le caractère signifiant « huit » : 八. Le jeune garçon les ramassa et Chih-Ch'en se retira sans avoir proféré un seul mot.

De son côté le juge Pao, après avoir levé l'audience, s'était mis lui aussi à réfléchir aux moyens de trouver le meurtrier. Dans la nuit il fit également un rêve : un individu habillé comme un lettré avec une coiffe haute et une large ceinture rentrait dans sa chambre et le remerciait en le saluant[30] :

---

[29] Méthode de divination populaires : les écailles (祝筶 *zhùgào* ici, mais d'autres noms existent) sont des coquilles d'huitres qui vont par paire ou des objets qui en imitent la forme, qu'on jette au sol. Si les deux faces bombées sont tournées vers le haut, la réponse à la question posée est négative. Deux faces planes : réponse incertaine. Une de chaque : réponse positive. Ici elles sont utilisées de façon différentes, moins « scientifique » !

[30] L'expression 峨冠博带 *éguānbódài* 'haute coiffe, large ceinture' suffit à désigner un lettré de statut élevé. Mais le père de Chao-Tung n'aurait pas eu le droit de porter ces attributs...

« Mon fils est malheureusement bien mal instruit, je vous serais profondément reconnaissant de mieux l'éduquer. »

Un type d'écailles utilisées en divination.

Puis l'apparition jeta à terre deux écailles de divination et sortit de la pièce. Le juge vit qu'elles formaient, là encore, le caractère 八. Le lendemain à la première audience il fit convoquer le jeune sieur Wang. Chao-Tung s'empressa de s'habiller pour obéir à cet ordre. Le juge l'informa du contenu du rêve de la nuit.

Le jeune homme déclara :

« L'apparition était bien mon père, qui est touché de votre rectitude et tenait à vous en remercier. Votre disciple a lui même, hier soir, fait brûler l'encens pour honorer son père et lui demander de l'aide dans cette affaire. J'ai d'ailleurs fait le même rêve que vous, ce qui est forcément un signe. Je pense donc que le nom de l'assassin peut se déduire du message transmis par les écailles.

—Je suis arrivé dans la nuit à la même conclusion, répondit le juge. Le nom du meurtrier est en rapport avec le chiffre huit... Mon nouveau disciple saurait-il à qui cela peut se rapporter ? »

Chao-Tung ne sut que répondre mais l'un des gardes du *yamen* qui se tenait près d'eux intervint :

« Le prédécesseur de Votre Seigneurie, le juge Liu, avait jadis arrêté un petit voleur du nom de Chu Sheng le huitième. Comme c'était son premier délit, il a depuis été libéré, après avoir été marqué d'un tatouage à l'épaule[31].

— C'est forcément lui, » dit le juge.

Il monta sur son estrade et de quelques traits de pinceau à l'encre écarlate, rédigea l'ordre d'aller s'emparer dans la plus grande discrétion de l'individu susnommé. Deux sbires se rendirent au domicile de Chu Sheng le huitième et lui passèrent les fers alors qu'il sortait de chez lui pour le ramener *manu militari* au tribunal.

« Animal ! s'écria le juge. Tu oses te livrer au cœur de la nuit au meurtre et au pillage !

— Je suis respectueux de la Loi et ne sais de quoi vous me parlez, répondit l'autre.

— Respectueux de la Loi ? C'est sans doute pour cela que tu as été arrêté par le juge Liu ?

— Le Seigneur Liu s'était trompé sur mon compte, et j'ai été relâché.

— Tu as été relâché parce qu'il s'agissait de ton premier délit, mais tu ne t'es visiblement pas réformé depuis. On verra si tu n'avoues pas après quarante coups de bâton ! »

---

[31] 刺臂 *cìbì* : tatouage à l'épaule. Cette punition est très légère ; la plupart des criminels étaient marqués au visage (刺面 *cìmiàn* ou 黥面 *qíngmiàn*) et en restaient éternellement identifiables...

Mais ni le gourdin, ni le supplice de l'étau qui suivit ne firent céder l'énergumène qui continuait à nier énergiquement. Le juge Pao remarqua alors qu'il portait deux clés à la ceinture et demanda qu'on les lui apporte. Puis il prit les deux sbires en aparté et leur ordonna de retourner au domicile du suspect, leur détaillant la conduite à tenir et leur promettant une dure punition s'ils n'agissaient pas avec le plus grand discernement : quarante coups de bâton et le licenciement ! Les sbires retournèrent chez Chu et racontèrent à sa femme :

« Ton époux s'est rendu au tribunal aujourd'hui et s'est dénoncé comme le coupable du cambriolage de la résidence des Tsou. Il nous a confié ces clés pour que tu ouvres la malle et en sortes le butin. »

Ils s'étaient montrés suffisamment convaincants et la femme s'empressa d'ouvrir la bonne malle. Ils ramenèrent leurs trouvailles à l'aide d'une palanche jusqu'au tribunal et Chu le huitième fut confronté à l'évidence. Interdit, il avoua enfin :

« Alors que je passais de nuit dans cette ruelle derrière le jardin, j'ai entendu une voix de femme qui me hélait : « Le jeune Seigneur est enfin là ! » J'ai sauté sur l'occasion et suis rentré dans le jardin à toute vitesse avant que la servante ne comprenne son erreur. Elle a voulu crier et c'est pour cela que je l'ai tuée. Le meurtre, le cambriolage, tout est vrai ! »

Le juge Pao envoya chercher Shih-Lung pour qu'il confirme que le butin trouvé venait bien de chez lui : une quarantaine d'habits dans les couleurs les plus diverses, un assortiment d'ornements de tête en or, une boîte à poudre en argent, des peignes en ivoire, des miroirs de bronze... Le juge Pao put alors rédiger son verdict final :

« Je rends compte des méfaits commis par le dénommé Chu Sheng le huitième, voleur et escroc, dont les agissements dénaturés ont causé d'immenses torts à la population. N'ayant pu réformer sa nature, il a persévéré sans vergogne dans la délinquance. Le meurtre d'une domestique dont il s'est rendu coupable à l'occasion d'un cambriolage a manqué de peu causer la condamnation d'un lettré innocent et la rupture des fiançailles de ce dernier. La peine capitale doit être appliquée avec célérité.

« Tsou Shih-Lung a injustement accusé un représentant de la classe mandarinale sans prêter suffisamment d'importance aux notions de bienveillance et de justice : il s'est montré ingrat envers la mémoire de son ami décédé et a voulu rompre un serment de fiançailles. Son attitude trop rigide a eu pour conséquence la tenue de rapports illégitimes entre le jeune homme et la jeune fille non mariés concernés. Confrontés à l'obstacle, ils ont en effet tout fait pour se rencontrer clandestinement et se fréquenter une fois la nuit tombée. Ces agissements ont amené la mort de la chambrière, mort pour laquelle le jeune lettré a failli payer de sa propre vie.

« Afin de se conformer à l'esprit de la Loi, il est impératif de prendre en considération l'âge avancé et la qualité de cet ancien haut fonctionnaire ; Tsou Shih-Lung ne subira donc que la peine la plus bénigne. Wang Chao-Tung, bien qu'ayant subi de sa faute un préjudice certain alors qu'il était innocent des crimes qui lui étaient reprochés, est d'ailleurs d'accord pour ne pas le charger[32].

---

[32] Ce verdict, qui tient compte non seulement des qualités morales mais surtout du statut social des condamnés, est typique de

« Enfin, Tsou Ch'iung-Yü doit être récompensée pour avoir voulu tenir envers et contre tout le serment passé jadis ; malgré ses frasques elle sera autorisée à épouser le jeune sieur Wang.

« Ces décisions sont prises en vue de permettre l'éternelle félicité conjugale et le bonheur résultant de la fidélité envers un engagement irrévocable. »

Wang Chao-Tung fut enfin autorisé à choisir un jour propice pour son mariage. Lui et sa nouvelle épouse formaient un couple harmonieux et ils témoignaient du plus grand respect filial pour leurs parents.

L'année d'après le jeune homme passa et réussit les examens mandarinaux de province. Comme son père et son beau-père jadis, il fut recommandé pour se rendre à la capitale afin de participer aux concours métropolitains, puis aux examens du Palais. Il reçut son premier poste au Palais impérial, comme membre de l'Académie de la « Forêt des Pinceaux[33] ».

---

l'influence du confucianisme sur le code pénal traditionnel chinois. Quand un accusateur en tort (ou le coupable d'un crime) ne disposait pas de telles « circonstances atténuantes », son erreur pouvait lui valoir très cher, comme certains des verdicts des enquêtes précédentes l'ont illustré.

[33] La Forêt des Pinceaux 翰林 *hànlín* désignait à partir des Tang l'ensemble des lettrés et autres spécialistes (médecins, magiciens...) placés au service direct de l'Empereur. À partir du XVIIIᵉ siècle le terme fut réservé aux premiers placés des examens du Palais, niveau le plus élevé de la hiérarchie des concours mandarinaux.

6

Les pantoufles du péché

UN MOINE AU CARACTÈRE DISSOLU vivait au temple de l'Éternelle Quiétude à l'est de la ville de Chiang-Chou. Né dans la famille Wu, il se prénommait Yuan-Ch'eng. Or Chang Te-Hua, l'un des principaux bienfaiteurs du temple, avait pris pour épouse de longues années auparavant une jeune fille appelée Lan-Ying, *Orchidée*, fille de Han Ying-Su, un notable d'un des faubourgs au sud de la ville. Mais cette union n'avait pas été bénie d'enfants et pour cette raison, trois fois par an à chaque fête des Trois Officiers[34], Chang Te-Hua faisait organiser une cérémonie sacrificielle au temple et priait ardemment qu'enfin un héritier lui vienne. De plus, aux premier et quinzième jours de chaque lunaison, il faisait venir Wu Yuan-Ch'eng à son domicile pour y réciter les soutras. Chacun aura déjà deviné ce qu'il en découla :

---

[34] Il s'agit de fêtes taoïstes organisées au 15e jour des premier, septième et dixième mois du calendrier traditionnel, en l'honneur des « Trois Officiers » qui sont les agents de la Terre, du Ciel et de l'Eau. Que ces fêtes soient ici organisées dans un temple bouddhique est vraisemblablement un anachronisme dû à l'auteur anonyme du XVIIe siècle, car à l'époque où vivait le Juge Pao le syncrétisme était beaucoup moins répandu ; taoïstes et bouddhistes étaient encore en féroce compétition.

devant la beauté d'Orchidée, Yuan-Ch'eng sentait naître et renaître sa concupiscence, à tel point qu'un soir, de retour au temple, il décida d'un plan d'action précis.

Dès le lendemain, profitant de ce que Chang Te-Hua s'était absenté pour affaires, il se présenta à la résidence des Chang sous prétexte de demander l'aumône rituelle. Contre quelques deniers il soudoya une domestique du nom de Petite Prune et demanda qu'elle lui procure une paire de pantoufles[35] appartenant à Orchidée. Petite Prune alla subtiliser les chaussons et les lui remit, inquiète cependant des conséquences de son geste. Yuan-Ch'eng était quant à lui heureux au plus haut point ; mais de retour au temple, il passa chaque jour de longs moments, les petites pantoufles dans les mains, à se parler à lui-même en hésitant sur la suite de son stratagème.

Quand vint enfin le jour où M. Chang dut se rendre au temple pour la cérémonie périodique, le bonze laissa tomber intentionnellement l'une des pantoufles devant le portail d'entrée. Chang Te-Hua la reconnut et la ramassa, douloureusement surpris. Après quelques paroles échangées avec Wu Yuan-Ch'eng, il rentra chez lui en toute hâte et plein de rage et interrogea son épouse d'un ton amer et violent. Tout marchait donc pour l'instant comme le moine l'avait prévu ; avant que les choses ne s'enveniment, il quitta les ordres et, passant dans l'anonymat, s'installa dans le village de la Source de la Grande Paix sous le nom d'emprunt de Feng Jen.

---

[35] Les 睡鞋 *shuìxié* sont de petites pantoufles utilisées la nuit pour les pieds bandés des femmes. Elles sont donc un élément du trousseau extrêmement intime.

De son côté, bien incapable de s'expliquer, et pour cause, la pauvre Orchidée fut renvoyée chez ses parents et répudiée ignominieusement après un procès public.

Wu Yuan-Ch'eng laissa s'écouler deux années entières, le temps que ses cheveux repoussent sur son crâne rasé de bonze ; cela coïncidait aussi avec le moment où Han Ying-Su commençait à tenter de remarier sa fille. Feng Jen pria alors l'un de ses voisins de lui servir d'entremetteur pour approcher la famille Han. Une fois l'accord trouvé entre le père de famille et le voisin, tous deux choisirent des dates propices pour les fiançailles et les noces. Feng Jen en fut aussitôt informé et accepta les conditions fixées ; il fit envoyer les présents rituels avant de se préparer au mariage.

*

Le temps passa en un éclair, effaçant printemps et été, jusqu'à la date de la mi-automne fixée pour le grand jour. À la lueur éclatante de la Lune, dans un tintamarre de joyeuses musiques, les deux nouveaux époux buvaient à la santé l'un de l'autre et discutaient librement. Mais Feng Jen, ancien bonze, n'avait pas encore acquis l'habitude de boire et atteignit vite un état d'ébriété avancée. Marchant main dans la main d'Orchidée, il lui dit en riant :

« Sans l'aide que Petite Prune m'a jadis apporté, jamais ce jour heureux ne serait arrivé ! »

Ces propos éveillèrent sur-le-champ la suspicion de l'épousée qui le pressa alors de s'expliquer. Feng Jen lui dévoila le coup monté de long en large. Orchidée sentit une sourde colère l'envahir mais se garda bien de la montrer. Et alors que les noces étaient consommées, la haine envers Feng Jen lui étreignit le cœur et l'âme.

L'escroc s'effondra enfin sous l'effet de l'alcool ; à la troisième veille, Orchidée se leva et rédigea un courrier pour son père, dévoilant l'identité réelle de son second mari. Mais dans son trouble, elle oublia de parler des pantoufles. Elle confia la lettre à un domestique qui se mit en route dare-dare, puis elle se donna la mort par strangulation.

Le lendemain, Han Ying-Su apprit l'horrible nouvelle. Il partit sur le champ pour la sous-préfecture pour déposer plainte mais croisa en chemin un convoi mené par le juge Pao, qui était en mission d'inspection à Chiang-Chou. C'est donc à lui que Han Ying-Su confia sa plainte :

> « Je rends compte par la présente d'une affaire de meurtre portant de plus atteinte aux règles de la bienséance. Ma fille éplorée Orchidée avait épousé le dénommé Chang Te-Hua et ils vécurent longtemps ensemble, unis comme le luth et la cithare. Leur mariage était digne de la plus élogieuse des chansons ! Mais le malheur les frappa en la personne de l'infâme moine Wu Yuan-Ch'eng, aujourd'hui connu sous le nom de Feng Jen, qui avait eu plusieurs occasions de convoiter la beauté de ma fille.
>
> « Il tendit ainsi un piège en faisant croire qu'un adultère avait été commis ! Il s'ensuivit que mon gendre, appliquant avec rigueur les sept principes de répudiation[36], la chassa du domicile conjugal.

---

[36] Les sept règles permettant la répudiation dans la Chine traditionnelle et patriarcale : 1/ Absence de descendance (forcément

Quel choix restait-il à ma fille ? Pour respecter ses obligations de chasteté, constatant qu'il n'existait aucune preuve de son infidélité, et bien que sa propre mère nourrisse quelques soupçons, j'exerçais mon droit de recueillir et d'héberger ma fille chez moi.

« Entre-temps le moine s'était laissé repousser les cheveux et avait adopté son pseudonyme. Il

---

de la faute de la femme...) 2/ Adultère 3/ Manquement aux devoirs envers les beaux-parents 4/ Bavardage excessif et commérage 5/ Indélicatesse (vol) 6/ Jalousie excessive (dans un contexte de polygamie, les épouses devaient accueillir et s'entendre avec les autres épouses ou concubines) 7/ Maladie incurable et voyante (lèpre...), qui empêchait l'épouse d'accomplir ses devoirs rituels. Ces règles devaient normalement s'appliquer par accord entre les familles, sans aller au procès, la puissance publique n'étant censée intervenir qu'en cas de meurtre, de blessure ou d'adultère contesté. En vigueur depuis les Han, elles n'étaient rentrées dans le code pénal que sous les Tang. À cette époque ont été également mises en place trois règles limitant (un peu) la toute-puissance et les abus du mari. Ainsi, il ne pouvait plus répudier son épouse : 1/ si elle avait servi ses beaux-parents et accompli les sacrifices rituels, trois années (durée du deuil) après la mort du beau-père 2/ si le mari, auparavant pauvre, avait fait fortune après le mariage 3/ si l'épouse n'avait plus de famille pouvant l'accueillir après la répudiation. Mais ces restrictions ne s'appliquaient pas en cas d'adultère... ou de maladie incurable (c'est ce dernier point qui peut nous sembler le plus choquant aujourd'hui). Il était souvent préférable pour la femme d'accepter la répudiation en cas de suspicion d'adultère, car si la justice s'en mêlait elle risquait de subir la torture avant les aveux, et d'atroces humiliations et supplices publics après. On notera par ailleurs, comme le prouve le comportement de Chang Te-Hua, qu'en cas de mariage heureux, telle ou telle règle (dans ce cas l'absence d'enfants) pouvait ne pas être appliquée par l'époux. Celui-ci gardait toujours la possibilité de prendre des concubines, du moins s'il en avait les moyens...

demanda à un voisin de m'approcher pour discuter mariage. Comment aurais-je pu deviner que cela était la suite de cette longue entreprise montée en vue de séduire une femme heureusement mariée ? Hier soir, au cours de cette illégitime nuit de noce, ma fille a été forcée au suicide ; non seulement l'injustice n'est pas encore redressée, mais encore s'est-elle aggravée ! Je prie que s'applique toute la rigueur du code pénal et que le filet de la justice céleste ne laisse rien passer ! Le bonze criminel doit être décapité, je ne retrouverai la paix qu'ainsi.

« C'est avec une profonde douleur que je vous adresse cette supplique. »

Cependant, Feng Jen avait de son côté présenté sa propre version falsifiée des faits. Le juge Pao dut faire mettre en cellule chacun des deux plaignants. Cette nuit-là, alors que le juge s'y trouvait assis, une bouffée d'un vent noir et glacial pénétra soudain dans le bureau annexe de la salle d'audience. Pao demanda à voix haute :

« Quel est donc ce souffle empreint de fureur et de douleur ? »

Il aperçut alors une femme à genoux au milieu de la pièce.

« De quelle famille venez-vous ? Avez-vous, pour être là, un quelconque grief ? N'hésitez pas à m'en parler directement. »

L'esprit s'exécuta aussitôt et s'exprima longuement avant de disparaître d'une manière aussi brusque qu'il était arrivé. À la première audience le lendemain matin, le juge Pao ordonna à ses adjoints Chang le Dragon et Hsieh le Petit despote d'aller tirer tant

Han que Feng de leur cachot pour interrogatoire. Mais il fit immédiatement ligoter et battre Feng Jen et dévoila ses liens avec Petite Prune ainsi que l'histoire des pantoufles. Décomposé, le moine gardait les yeux levés vers le juge et ne pipait mot. Il n'était plus capable que d'approuver de la tête. Le juge ordonna alors qu'il paye ses crimes de sa propre vie et que tous ses biens soient confisqués par l'Etat.

Entre le moment où l'esprit de Madame Han lui avait présenté ses doléances, et celui où justice avait été rendue, quelle exemplaire rapidité !

IIᵉ partie :

CENSEUR & INSPECTEUR

I

Un rêve d'araignée

Où...

*L'on peut s'étonner de la série de malheurs
qui s'abattent sur une famille méritante ;*

D'un coup de dent, Pétale de Lune redresse une injustice ;

*Les problèmes d'élocution d'un lettré
ne lui font pas perdre que sa langue.*

À maîtresse vertueuse, soubrette infidèle

À CH'Ü-FU, DANS LA PRÉFECTURE de Yen au Shan-Tung, vivait un homme nommé Lu Yü-Jen ; son fils Ju-Fang s'était mis à l'étude dès l'âge de dix ans et se montrait exceptionnellement doué. Un certain Ch'en Pang-Mo, dignitaire adjoint au légat de la Cour et originaire du même district, l'apprit ; il souhaita donner sa fille Yüeh-Ying, *Pétale de Lune*, en épouse au jeune Ju-Fang et demanda au précepteur de son fils (qui était aussi le cousin de Yü-Jen) de servir d'entremetteur. Dès qu'un accord fut trouvé, les six présents rituels de fiançailles suivirent en succession. Après quelques années, quand les jeunes gens furent en âge, Yü-Jen pria son cousin de fixer une date et d'organiser la cérémonie. Ch'en prépara alors le trousseau de Pétale de Lune et l'envoya franchir le seuil de sa nouvelle famille. La jeune épousée resplendissait et tous admiraient sa beauté ; les camarades d'étude de Ju-Fang vinrent tous féliciter le nouveau couple. Parmi eux se trouvait un fieffé libertin nommé Chu Hung-Shih, qui n'était autre que le fils du ministre du Personnel.

Dès que les deux jeunes gens eurent bu la coupe nuptiale, Mme Ch'en se plia aux exigences de la piété filiale et de l'obéissance conjugale. Mais le malheur frappa, très peu de temps après l'heureux moment du mariage : Yü-Jen et sa femme moururent tous deux et Ju-Fang, très affecté, dut respecter le deuil parental pendant trois ans. Il put ensuite intégrer une école d'État et dans le même souffle réussit brillamment les examens préfectoraux d'automne, alors que Pétale de Lune donnait naissance à leur premier fils.

Ju-Fang, comblé, dut cependant prendre congé de sa femme pour se rendre à la capitale passer les examens métropolitains. Mais en chemin il tomba sur des brigands nippons et fut emmené en captivité[37].

Seul son domestique Ch'eng Er, *Ch'eng le Deuxième*, put filer entre les doigts des pirates et prévenir la jeune mère. Celle-ci faillit mourir de chagrin mais son père et son frère la rejoignirent pour la consoler. Les pires moments une fois passés, son père lui dit :

« Je dois maintenant rejoindre mon poste au plus vite et je m'inquiète de devoir te laisser seule chez toi. Ne vaudrait-il pas mieux que tu m'accompagnes avec mon petit-fils ?

— Père, je n'oserais certes pas ignorer vos recommandations, répondit Pétale de Lune. Mais une lettre de votre gendre m'est parvenue ; il a été fait captif, et nul ne sait s'il survivra ou périra. Je n'ai plus de famille que votre petit-fils et vous. Votre route est encore pleine de dangers, et le risque est grand que le nom de la famille Lu s'éteigne. De plus il me semble compliqué de déménager sans préavis, et je ne veux pas laisser ce foyer sans maître.

— Tu as raison, acquiesça son père. Je dois partir et te laisser ; tu pourras me rejoindre quand tu le souhaiteras, surtout ne te fais pas de soucis à t'en briser la santé. »

Puis il prit congé. Pétale de Lune confia alors la charge des affaires domestiques à Ch'eng Er et son épouse. Elle ne garda à son service personnel qu'une

---

[37] Anachronisme : les pirates japonais n'ont commencé à être une menace réelle sur les côtes de Chine, menant raids et enlèvements, qu'à partir du XIVe siècle, soit bien longtemps après que le juge Pao ait mené ses enquêtes.

petite fille de sept ans appelée Ch'iu-Kui, *Osmanthe d'Automne*. Elle ne quitta plus ses appartements sur lesquels régna désormais un calme glacial.

Or la femme de Ch'eng Er, Ch'un-Hsiang, *Parfum de Printemps*, entretenait une liaison avec le voisin Chang Mao-Ch'i ; chaque jour, chaque nuit, ils se rencontraient en cachette. Mao-Ch'i dit un jour à son amante :

« Ta maîtresse est jeune et elle a sûrement encore un reste de feu aux fesses ! Ça ne te dirait pas de m'arranger un p'tit coup de conjugo avec elle ? »

Parfum de Printemps rétorqua, offusquée :

« Mme Ch'en est une femme de très grande vertu qui ne songerait une seule seconde à se dévoyer ; il est même rare qu'elle quitte la cour intérieure. C'est tout simplement irréalisable !

— Quelle égoïste tu fais ! reprit Mao-Ch'i sur un ton taquin. Tu as peur que je ne te batte froid après coup (si j'ose dire), alors tu fais ta sucrée !

— Non, mais je ne vois vraiment pas comment faire. »

Sur ce, tous deux mirent ce sujet de côté et l'oublièrent bien vite.

À libertin, libertin et demi

LE RÉCIT CONTINUE AINSI : Chu Hung-Shih, le fils du dignitaire, sentait la sève lui grimper dans la tige depuis sa visite au domicile de Ju-Fang mais n'avait pas trouvé moyen de passer aux choses concrètes. Quand il apprit que son ami avait été enlevé, il prit un poste d'enseignant dans une école proche de chez les Lu et se lia rapidement avec tout le voisinage, s'enquérant sans avoir l'air d'y toucher de tout ce qui se passait entre les murs de la résidence comme au dehors, affectant sympathie et pitié pour le sort de Ju-Fang. Et un jour quelqu'un lui raconta :

« La famille Lu a accumulé les vertus pendant des générations. Mais Ju-Fang a été fait prisonnier : le Ciel est-il donc aveugle ? Mme Ch'en honore par sa conduite son statut d'épouse esseulée. Elle a un bambin haut comme trois pommes dans ses jupes et n'a pour la servir qu'une gamine de sept ans. Les affaires du foyer sont gérées par Ch'eng Er et sa femme. Ch'eng Er est très loyal et dévoué. C'est tout à fait admirable ! »

Chu Hung-Shih remarqua que son interlocuteur réservait ses louanges au larbin : peut-être y avait-il anguille sous roche en ce qui concernait la bonniche. Aussi risqua-t-il :

« J'ai cru comprendre que la femme de Ch'eng était en affaire… La réputation de Mme Ch'en ne risque-t-elle pas de s'en ressentir un jour ?

— D'où Monsieur tient-il donc cela ?... répondit le pipelet. Mais il continua : soir et matin en effet elle se fait trousser par un type du coin. Il s'appelle Chang Mao-Ch'i, une épée en amour, je vous le dis tout de go ! Sa maison est contiguë à celle des Lu ; dès que le cocu est au lit, soit elle dort chez Chang, soit il dort chez elle, et en vérité, quand je dis dormir… Voilà ! »

Chu Hung-Shih flaira la bonne occasion et se dit : *Quand je leur ai rendu visite, j'ai vu que la chambre conjugale était tout au fond de la résidence et qu'il y a un chemin qui permet d'y accéder à partir du jardin sur l'arrière. Je vais attendre que Ch'eng Er ne soit pas là, puis je me faufilerai à l'intérieur en passant par le jardin du voisin, et à la nuit venue je sauterai sur la belle. Miam miam !*

Il n'eut pas longtemps à patienter pour mettre son plan à exécution ; dès le lendemain soir, Ch'eng Er s'absenta et Chu Hung-Shih franchit le mur d'enceinte arrière pour s'introduire dans la résidence des Lu. Mme Ch'en appela Osmanthe pour garder son enfant et alla s'enfermer dans sa chambre pour se dévêtir et faire sa toilette. Elle se rappela soudain qu'elle avait laissé ouverte la porte donnant sur la cour de derrière et sortit, nue, pour la fermer avant de se laver. Chu Hung-Shih, voyant ce corps blanc comme neige, ne put plus se contenir. Quand Mme Ch'en sortit de son cabinet de toilette elle sentit qu'on l'enserrait violemment. Chu Hung-Shih lui couvrit la bouche de la sienne, et de sa langue il força les lèvres de sa victime, l'empêchant d'émettre le moindre son. Abasourdie, immobilisée, Mme Ch'en était réduite à l'impuissance. Une pensée s'imposa à elle : *je suis déjà souillée... Il ne me reste qu'à lui trancher la langue, il ne mettra pas longtemps à mourir.* Elle referma brusquement les dents et serra les mâchoires. Chu Hung-Shih ne pouvait pas retirer sa langue et dut l'étrangler des deux mains jusqu'à ce que mort s'ensuive. Alors seulement il put s'enfuir ; personne n'avait rien vu.

Un moment plus tard, le petit garçon se mit à réclamer la tétée. Osmanthe appela, mais personne ne lui répondit ; elle voulut pousser la porte, mais celle-ci était fermée ! Elle alla chercher Parfum de Printemps qui se munit d'une lampe et fit les mêmes constatations. La domestique contourna alors la chambre en passant par la cour et aperçut le cadavre entièrement dévêtu de Mme Ch'en, avec du sang qui lui coulait de la bouche et d'énormes hématomes sur la gorge. Ses hurlements de frayeur donnèrent l'alerte à tout le quartier et très vite une petite foule perplexe s'était rassemblée dans la chambre. Il y avait là deux voisins nommés Wu qui prirent les choses en main et déclarèrent :

« Mme Ch'en a toujours été d'une très grande rectitude, il s'agit donc sûrement d'un viol qui a mal tourné : quand elle a voulu crier, son attaquant l'a étranglée. Et il se pourrait bien que le coupable ne soit autre que ce Mao-Ch'i qui fricote avec cette traînée de Parfum de Printemps : c'est forcément eux qui ont tout manigancé ! »

Ils prirent la responsabilité de mettre Parfum de Printemps sous les verrous et d'envoyer l'enfant dans sa famille maternelle pour qu'il soit mis en nourrice.

À cocu content, coquin condamné

LE LENDEMAIN, CH'ENG ER revint de son déplacement, constata ces divers bouleversements et s'enquit des circonstances. Nombreux furent alors ceux qui lui rapportèrent leur conviction que sa propre femme avait ajouté le meurtre à l'adultère sur la liste de ses péchés. Sous le choc, le malheureux eut tôt fait d'admettre sans réfléchir sinon la culpabilité, du moins la complicité de Parfum de Printemps. Il alla donc déposer une plainte au tribunal du district :

« Je rends compte d'une affaire de viol et de meurtre.
L'infâme Chang Mao-Ch'i, malgré son comportement déviant, a su se faire passer pour un bon
ami ; d'un ménage heureux a fait un lupanar ! Il
convoitait les charmes de mon épouse et profitait
de mes absences pour l'inciter à la débauche. Dès
lors ils laissèrent libre cours à leur lubricité et
s'adonnèrent à leurs ébats avec impunité. Un jour
de ce mois, il s'est introduit dans la résidence, s'est
imposé de force à notre maîtresse et a tenté de la
violer ; Madame a voulu crier et il l'a étranglée à
mort. Les voisins, alertés par les cris de mon
épouse, peuvent témoigner du meurtre. Du sang
coagulé emplissait la bouche du cadavre, et même
en détournant le Fleuve céleste[38] on n'eut pu l'en
rincer. Le corps nu reposait sur le lit, comment
eût-il été possible de contempler ce cadavre sali ?
« Je ressens une haine implacable à l'idée qu'il ait
dévergondé mon épouse, puis s'en soit pris à ma
maîtresse ! Mais l'adultère n'est que de peu
d'importance, le meurtre de Mme Ch'en est beaucoup plus grave. Je supplie que la loi soit appliquée pour compenser cette vie, que le mal soit
éradiqué pour redresser l'injustice.

Le magistrat du district prit sans délai l'affaire à sa
charge. Il constata les traces sur la gorge du cadavre,
le sang qui lui obstruait la bouche, releva les traces
dans le jardin qui allaient jusqu'au mur donnant sur la
maison du voisin. Puis il ordonna aux domestiques
de le mettre en bière. Il fit amener Parfum de Printemps et Mao-Ch'i pour interrogatoire, ainsi que
Ch'eng Er qu'il questionna en premier :

---

[38] Le Fleuve céleste : 天河 *Tiān hé*, la Voie Lactée.

« Ta maîtresse a été agressée et assassinée, ta femme et Mao-Ch'i ont forniqué et comploté. Comment n'étais-tu pas au courant de ces manigances ?

— J'étais parti depuis plusieurs jours dans les fermes pour la moisson et ne suis revenu qu'hier. C'est à ce moment que j'ai constaté les faits. Je me suis renseigné auprès des Messieurs Wu, les voisins, qui m'ont informé des relations coupables entre ma femme et Mao-Ch'i ainsi que de leurs menées pour attenter à l'honneur de Madame. J'en ai donc référé sans attendre à Votre Seigneurie. Je n'avais pas connaissance de la situation et espère que Vous interrogerez ma femme pour l'éclaircir. »

Le mandarin s'adressa alors à Parfum de Printemps :

« Tu as conspiré avec Chang Mao-Ch'i pour violer et assassiner ta maîtresse, sois franche et avoue !

— Il est vrai que je péchais en compagnie de Mao-Ch'i, mais je n'ai rien à voir avec ce qui est arrivé à Madame ! répondit-elle.

— Alors quelle est donc la cause de sa mort ?

— Je n'en sais rien. »

Le mandarin lui fit alors appliquer le supplice de l'étau à doigts et Parfum de Printemps eut vite fait d'avouer plus avant :

« Seigneur, il n'y a vraiment eu aucun complot. Mais un jour Mao-Ch'i m'a dit que Madame était encore jeune et belle et m'a demandé de tenter de lui servir d'entremetteuse. Je lui ai dit que notre maîtresse était d'une grande vertu et que cela était hors de question. Peut-être bien qu'il a mis son funeste projet à exécution ! Mais je n'en ai rien su, ni vu. »

Ce fut au tour de Mao-Ch'i de se voir appliquer l'instrument de torture :

« À toi d'avouer, et vitement, et tu t'épargneras le supplice ! »

— Je n'ai rien à dire, répondit-il.

— Tu as pourtant eu l'idée de demander à Parfum de Printemps de t'arranger tes petites affaires avec sa maîtresse. Les traces de pas relevées mènent jusqu'à ton domicile. Oses-tu prétendre n'avoir eu aucun rôle dans cette sordide histoire ? » insista le mandarin.

Au même moment, les deux voisins Wu bien intentionnés entonnèrent de concert :

« Notre magistrat est sage et intègre comme le Ciel, si un fait est attesté, l'autre ne peut être nié ! »

Mao-Ch'i reprit alors :

« Tout ceci est une machination ! Seigneur, ce sont probablement ces deux-là les coupables. Ils ont su ma relation avec Parfum de Printemps, en ont crevé de jalousie, et ont vu dans ce meurtre l'occasion parfaite de me faire porter le chapeau ! »

Le magistrat décida donc de torturer un peu les deux voisins, mais ils protestèrent de leur innocence. Il se retourna vers la domestique :

« Si tu n'étais pas complice, où te trouvais-tu donc au moment de la mort de ta maîtresse ?

— J'étais dans la cuisine à surveiller les marmitons, quand j'ai vu arriver Osmanthe qui m'a prévenue que le petit maître était en train de pleurer. J'ai appelé trois ou quatre fois sans obtenir de réponse, la porte ne s'ouvrait pas, j'ai donc pris une lampe pour passer par l'arrière et c'est ainsi que j'ai aperçu le cadavre de Madame. J'ai immédiatement hurlé pour prévenir les voisins et là-dessus Messieurs Wu et Wu ont décidé de m'enfermer ! Ça me fait penser que c'est peut-être eux qui ont commis ce crime et sont revenus ensuite sur le lieu de leur forfait pour m'impliquer. »

À ce stade le magistrat avait la tête qui lui tournait. Il ordonna de mettre tout ce beau monde au cachot et reporta la suite du procès au lendemain.

Avant la séance, il fit venir la petite servante dans la salle annexe du tribunal et l'interrogea gentiment :

« Sais-tu comment ta maîtresse est morte ?

— Je n'en suis pas sûre, répondit l'enfant. Elle m'a appelée le soir pour que je lui amène de l'eau pour sa toilette et que je garde le petit maître, puis elle est rentrée et a fermé elle-même les portes de devant et de derrière. Après j'ai entendu des bruits de pas, de dispute et des paroles indistinctes. Au bout d'un moment, tout s'est calmé et le petit maître s'est mis à crier. Madame ne répondait pas à mes appels et la porte était fermée, alors je suis allé trouver Grande sœur Parfum de Printemps. Quand nous sommes rentrées, j'ai vu que Madame ne portait pas ses habits et qu'elle était morte.

— Est-ce que ces messieurs Wu venaient souvent chez toi ?

— Ils ne sont jamais venus.

— Et Mao-Ch'i ?

— Oh oui, il venait tout le temps, il plaisantait avec Grande sœur Parfum de Printemps. »

Le mandarin rassembla alors tout le monde en salle d'audience :

« Mes investigations ont montré que Messieurs Wu et Wu peuvent être lavés de tout soupçon. Quant à toi, Mao-Ch'i, je sais d'une part que tu avais des vues sur Mme Ch'en – tes questions à Parfum de Printemps en attestent, d'autre part que tu connaissais très bien la résidence des Lu. Sachant que Mme Ch'en se trouvait dans son cabinet pour se laver, tu t'es d'abord introduit dans sa chambre par l'arrière, puis t'es jeté sur elle quand elle est rentrée en la bâillonnant de tes mains ; mais Mme Ch'en allait quand même réussir à crier, alors tu as eu peur que des gens viennent et tu l'as étranglée. Personne, hormis toi, n'y venant aussi fréquemment, qui d'autre aurait pu être aussi familier de la maison ? Par la suite ton amante a découvert le corps et a compris qu'elle aurait du mal à se tirer d'affaire. La seule solution pour elle était de jouer les innocentes et de crier au loup ! Mais elle se leurrait : vos crimes à tous deux méritent la mort. »

Il ordonna enfin à Ch'eng Er de procéder à l'inhumation de la victime, libéra les voisins et rédigea son rapport pour ses autorités. Ch'eng Er quant à lui continua loyalement à s'occuper de l'orphelin.

À la fin le juge Pao intervient

MAIS LE DOSSIER ÉTAIT FRAGILE et trois années passèrent sans que décision soit prise. Alors que Mao-Ch'i et Parfum de Printemps croupissaient toujours au cachot, le juge Pao effectua une tournée d'inspection dans la province et passa par Ch'ü-Fu. Le père de Mao-Ch'i lui remit un acte d'accusation :

« J'en appelle d'une terrible erreur judiciaire, propre à bouleverser le Ciel.
« En cas d'accusation, le magistrat se doit de justifier sa condamnation ; le fils a subi une injustice,

le père se doit de blanchir son nom. Le cruel coquin Ch'eng Er, constatant la mort de sa maîtresse, a causé la perte de mon fils Mao-Ch'i en l'accusant de viol et de meurtre, suite à quoi mon fils a été soumis à d'atroces supplices par le magistrat du district. Gardant rancune d'un adultère impuni, Ch'eng Er a désigné sa propre épouse scélérate comme preuve à charge. Je pleure en songeant que le véritable coupable de ces infamies n'a pas été appréhendé.

« Car le meurtre ne s'est accompagné d'aucun cri : il convient que vous en éclaircissiez la raison. Quant à l'épouse, même adultère, n'avait-elle pas refusé de pervertir sa maîtresse ? Et cette nuit-là, elle n'était au courant de rien ! Les désirs mauvais peuvent nous faire prendre un cerf pour un cheval, mais comment la Loi pourrait-elle changer une chèvre en vache ? J'implore le miroir céleste de refléter le givre tournoyant[39] ! »

Le juge Pao accepta de reconsidérer le jugement. Le soir même, il commença à compulser le dossier et les recueils de témoignages de toutes les personnes interrogées. Avec des crimes d'une telle gravité, il ne sentait même pas la fatigue qui l'envahissait peu à

---

[39] Plusieurs allusions très littéraires se suivent ici : « appeler un cerf un cheval » 指鹿为马 *zhǐ lù wéi mǎ* fait référence à une anecdote historique et signifie 'dénaturer la vérité'. « Transformer une chèvre en vache » 以羊易牛 *yǐ yáng yì niú* vient de Mencius et signifie 'substituer une chose à une autre'. Le « miroir céleste » 天镜 *tiānjìng* autre nom pour la Lune, peut également signifier 'disposer du pouvoir impérial' (ce qui est le cas du juge Pao en tournée d'inspection). Enfin le « givre tournoyant » 飞霜 *fēishuāng* est une image désignant un innocent condamné injustement. Cette dernière expression est réutilisée un peu plus loin.

peu. Aussi ne s'assoupit-il qu'à la lueur blafarde de l'aube approchante. Dans un rêve lui apparut alors une femme qui semblait en état de douloureuse doléance. Il lui dit :

« Si vous avez quelque grief à me rapporter, n'hésitez donc pas ! »

L'apparition, après plusieurs phrases bafouillées en plaintes et sanglots, fut enfin capable de s'exprimer, mais ce fut par un poème bien mystérieux :

一　八　舌　蜘
史　厶　尖　蛛
元　一　留　橫
口　了　口　死
阝　居　含　恨
人　　　幽　方
士　　　怨　除

« *Un scribe debout, bouche-à-oreille : gentilhomme !*
Huit yeux font une résidence.
Le bout de la langue reste dans la bouche,
profonde amertume !
L'araignée meurt de malemort,
la haine enfin éradiquée. »

Le juge se réveilla en sursaut. D'abord fort sceptique sur son rêve, il vit près de lui une araignée de taille formidable : la bouche ouverte et la langue coupée, elle était morte et s'étalait sur le rouleau qu'il lisait avant de sombrer dans le sommeil. Il se tortura un bon moment les méninges sans arriver à résoudre l'énigme. Mais soudain, ce fut la révélation : *Bien sûr ! Le coupable du crime commis sur Mme Ch'en doit s'appeler Shih, ou alors Chu*[40] *!*

À l'audience du lendemain, il convoqua toutes les parties au procès et s'adressa d'abord à Mao-Ch'i :

« Au vu du témoignage de l'enfant Osmanthe d'Automne, il s'avère que nul étranger ne fréquentait la maison. Tu étais donc le seul à en être familier, et tu as tenté d'impliquer Parfum de Printemps dans la séduction de sa maîtresse. Aurais-tu malgré tout encore un sentiment d'injustice ?

— Je n'ai en effet rien à voir avec ce meurtre, mais le mandarin a mis fin à l'enquête sans que j'aie pu me disculper. Aujourd'hui je me réjouis qu'un magistrat intègre soit présent, pour pouvoir enfin trancher en ma faveur. »

Le juge passa à Parfum de Printemps, qui lui dit :

« Je suis innocente, mais puisque ma maîtresse est morte, mon sort est de mourir également ! »

Le juge ordonna qu'on la fasse sortir de la pièce pour interroger Mao-Ch'i seul à seul :

« Tu savais que Mme Ch'en faisait sa toilette et tu t'es dissimulé dans sa chambre. Décris-moi donc ce qu'il s'y trouvait.

— Je n'ai pas pénétré dans cette pièce, comment en décrirai-je le contenu ?

---

[40] Déduction faite en raison des homophones nombreux de la langue chinoise : « scribe » 史 se prononce *Shih* (pinyin *shǐ*), tandis que « araignée » 蛛 se prononce *Chu* (*zhū*).

— Ta mort est déjà décidée, pourquoi t'obstiner ? »
tonna le juge.

Mao-Ch'i pensa : *je dois décidément être en train de payer mes fautes commises dans une vie antérieure ; autant lui répondre n'importe quoi, il sera satisfait et cessera de me tourmenter !* Il déclara donc :

« Dans cette chambre luxueuse, les couvertures de brocart, les tentures de soie et les coffres et malles s'entassaient à la tête du lit. »

Le magistrat fit alors revenir Parfum de Printemps et lui ordonna de décrire la chambre de sa maîtresse. Elle s'empressa, interloquée :

« Bien que Madame fût issue d'une riche famille mandarinale, elle appréciait pour elle-même la frugalité. Elle n'avait dans sa chambre rien d'autre que des couvertures tissées, des tapisseries et deux coffres à vêtements. »

Alors le juge changea de sujet :

« Y a-t-il parmi les amis ou dans la famille de tes patrons quelqu'un nommé Chu ?

— Quand le maître était encore à la maison, il fréquentait un certain Chu, fils du ministre du Personnel. Mais depuis la capture de Monsieur, il n'est plus revenu. Il a passé les années écoulées à travailler et étudier, près d'ici, avec un autre jeune seigneur du nom de Huang Kuo-Ts'ai. »

Le juge Pao mit fin à l'audience en les renvoyant en cellule.

*

Dans les jours qui suivirent se déroula l'épreuve triennale des examens préfectoraux. Le juge Pao s'improvisa président du jury d'examen et les nommés Chu Hung-Shih et Huang Kuo-Ts'ai furent reçus respectivement lauréat et second de l'épreuve. Le juge comprenait enfin beaucoup mieux le début du rêve étonnant qu'il avait fait en s'endormant sur le dossier : il s'agissait tout simplement d'un rébus graphique ! En effet : 一史, « un scribe », c'était en fait le caractère 吏 ; 立口阝 correspondait à 部, 八厶 à 公 et 一了 bien sûr à 子 ! Or les quatre caractères mis ensemble : 吏部公子 signifient *le fils du ministre du Personnel de la fonction publique*. La phrase suivante 舌尖留口含幽怨 n'était pas encore claire ; quant à la fin, 蜘蛛橫死恨方除, elle s'expliquait ainsi : l'araignée 蜘蛛 désignait par homophonie le nommé Chu ; 橫死, « mort violente » se prononçait presque comme le prénom Hong-Shih. Et « la haine enfin éradiquée » montrait que seule la punition du coupable suffirait à étancher la soif de justice de l'esprit de Mme Ch'en.

Le lendemain, Chu Hung-Shih vint le remercier pour ses résultats aux examens.

« Mon jeune ami, vous composez remarquablement ! » lui dit le juge.

La réponse de Chu Hung-Shih fut à peine intelligible, sa langue semblait embourbée. Ses soupçons renforcés, le juge lui donna quand même congé. Chu fut suivi de Huang Kuo-Ts'ai et de quelques autres bacheliers frais émoulus. Le juge déclara :

« Je vous félicite, ainsi que vos amis, pour la qualité de votre style !

— Nous sommes indignes de vos compliments, répondit Huang.

— Votre ami Chu est d'allure fort altière, ses talents littéraires sont évidents, mais son élocution est quelque peu pataude. Quel dommage ! Ce problème lui vient-il de l'enfance, ou bien est-ce la conséquence d'une maladie ?

— Nous cohabitons et étudions ensemble depuis quatre ans dans notre très estimée école, expliqua Kuo-Ts'ai. Au huitième jour du sixième mois, il y a trois ans de cela, il a perdu le bout de la langue dans un accident au cours de la nuit ; voilà pourquoi il a du mal à s'exprimer clairement. »

Puis il prit congé. Le juge réfléchit : *cela correspond bien à la date du meurtre ! Ce jeune bachelier a perdu sa langue au cours de la même nuit, ce qui explique que sur le rapport soit écrit que du sang sortait de la bouche de la victime. Voilà comment je vois la chose : Chu Hung-Shih avait reconnu le passage au cours de ses allées et venues antérieures et s'est dissimulé dans la chambre pour attendre que l'objet de sa convoitise ait fini sa toilette. Il a alors lâché la bride à ses passions et, pour empêcher sa victime de hurler pendant les faits, lui a introduit la langue dans sa bouche. Mais Mme Ch'en étant de fier tempérament, lui a mordu l'appendice buccal ! Ne pouvant se dégager, de violeur il s'est alors fait assassin avant de prendre la fuite.* La correspondance des dates, le sens de la seconde partie du poème, tout prouvait sans l'ombre d'un doute la culpabilité du jeune homme. Le juge dépêcha quelques gardes s'emparer de Chu Hung-Shih et le soumit à la question sans ménagement, obtenant bien vite des aveux circonstanciés. Il rédigea alors ses conclusions :

« Je rends mon verdict concernant Chu Hung-Shih, héritier indigne d'une noble famille qui dissimulait sa bestialité dans l'institution scolaire. Jadis en bons termes avec le nommé Ju-Fang, il se mit à lorgner l'épouse d'icelui après avoir assisté à leur cérémonie de mariage.

« Il y a trois années de cela, le huitième jour du sixième mois, sachant que l'époux avait été capturé par des brigands, il s'introduisit dans la chambre nuptiale pendant la toilette vespérale de la dame Ch'en, et suivant son odieux caprice tenta de s'imposer à elle par la force ; mais pendant l'accomplissement de son forfait, craignant les cris de sa victime, il lui ôta la vie en lui serrant la gorge.

« Mme Ch'en avait pourtant réussi à lui arracher l'extrémité de la langue. Son esprit m'est apparu en rêve pour me relater ce fait ; de sa désolation, pure comme le givre tournoyant, elle saupoudra mon estrade.

« Les dates concordent, les détails correspondent. Je prends donc la décision d'appliquer la peine capitale : il est inévitable dans ce cas de procéder à la décapitation du coupable.

« Quant aux suspects précédents, Mao-Ch'i et Parfum de Printemps, bien que non coupables du crime considéré, il n'en est pas moins clair que leur connivence a facilité l'occurrence du drame. Ils sont donc tous deux condamnés au bannissement dans l'intérêt de la moralité publique. »

2

Un boucher mal embouché

Où...

Deux femmes battues
ne le sont pas pour les mêmes raisons ;

Une reconversion réussie
ne recueille pourtant pas le respect.

Querelles conjugales à Canton

À CANTON VIVAIT un marchand du nom de You Tzu-Hua. Sa famille était originaire des rives de la rivière Che[41] mais s'était installée dans le Sud depuis deux générations pour faire commerce de tissu et y avait accumulé une fortune considérable. Tzu-Hua avait ainsi pu prendre pour concubine une jeune femme de la famille Wang.

---

[41] La rivière 浙 (pinyin *Zhè*) a donné son nom à la province du Zhejiang, au nord de Shanghai.

Mais Tzu-Hua aimait la boisson et était d'un caractère brutal. Si quoi que ce soit ne fonctionnait pas exactement comme il l'entendait, il se mettait à cogner ; sa concubine était la victime la plus régulière de ses accès de violence. Un jour l'infortunée ne put plus supporter sa triste condition ; quand Tzu-Hua se fut endormi elle sortit pour aller se jeter dans un puits. Le matin venu, sans se douter du drame qui s'était déroulé, Tzu-Hua fit partout coller des affichettes pour tenter de retrouver la malheureuse. Mais plusieurs mois s'écoulèrent sans aucune nouvelle, et pour cause. Le marchand décida alors de plier boutique et de retourner s'installer près de la Che : il ne pouvait plus vivre ici, ayant perdu la face depuis que la perte de sa concubine était de notoriété publique.

Mais laissons un moment ce butor de côté et penchons-nous sur d'autres intéressants personnages.

Dans la même préfecture de Canton un nommé Lin Fu tenait une boutique qui écoulait de la viande et de l'alcool. Lui aussi prit concubine après avoir réussi. La jeune femme s'appelait Fang Ch'un-Lian, *Lotus de Printemps,* et méritait bien son nom car elle faisait généreusement bénéficier tout un chacun des fréquentes éclosions de sa petite fleur de lotus. Les parents de Lin Fu eurent connaissance de son comportement et en avertirent leur fils. La poitrine pleine d'un juste courroux, le boucher se mit lui aussi, jour après jour, à la battre comme plâtre en la traitant de tous les noms. Toute honte bue, Lotus de Printemps allait de temps à autre se plaindre à ses propres père et mère :

« Étais-je si vilaine depuis ma naissance pour que vous m'ayez donnée en mariage à ce cruel mari ? Lui qui continue à courir le jupon, me maltraite jour et nuit, m'insulte les bons jours et me bat les mauvais ! Me vendre à lui, c'était comme m'envoyer à la mort ; pourquoi ne m'avoir pas plutôt noyée dès ma mise au monde ?

— Le vin est tiré, il faut le boire, conseillaient-ils. Tu es déjà mariée, il faut baisser la tête et endurer, ça lui passera au bout d'un moment ! Il suffit de ne pas lui donner de raisons de s'énerver. »

Malgré ces paroles pleines de bon sens et de réconfort, Lotus de Printemps continuait à soupçonner son mari d'inconstance ; c'était véritablement le temple qui osait se moquait de la bonzerie ! Un matin qu'elle s'était levée tôt et ramassait quelques fagots dans la cour pour le feu, un nommé Hsü Ta, crapule invétérée de son état, passait dans la rue en revenant d'aller puiser de l'eau. En apercevant Lotus de Printemps seule dans la cour, il vérifia qu'aucune oreille indiscrète ne traînait et l'aborda, provoquant :

« Eh bien, Ch'un-Lian, tu t'es levée bien tôt ce matin ! Puisque ton cher époux est encore au lit, pourquoi ne viendrais-tu pas prendre ton petit-déjeuner chez moi ?

— Tu n'as personne à la maison ? demanda-t-elle.

— Absolument personne, rien que moi et mon petit corps dodu ! »

Non seulement Lotus de Printemps était d'un tempérament peu farouche, mais avec son mari qui la battait et l'insultait tous les jours cette proposition ne pouvait que l'allécher. Elle suivit Hsü Ta, lequel n'en croyant pas sa chance, décida de mettre les petits plats dans les grands et sortit quelques fruits séchés de son armoire pour les manger avec le porridge.

Puis il offrit à la dévergondée deux épingles à cheveux en argent. Il barricada soigneusement la porte et enfin, n'y tenant plus, tous deux se jetèrent sur le lit. Une fois les nuages crevés et la pluie passée[42] à la grande satisfaction des deux protagonistes, Lotus de Printemps n'avait plus aucune envie de rentrer au domicile conjugal. Hsü Ta décida de la cacher chez lui en quittant la maison pour se rendre à son travail. Il ne revint qu'à la nuit tombée et ne perdit pas une minute pour remettre le couvert avec sa nouvelle conquête.

Entre-temps, Lin Fu avait fini par se lever et voyant la porte sur la cour ouverte et le feu éteint, il comprit vite que son épouse avait décidé de fuir les insultes et les coups incessants. Ses premières recherches n'ayant rien donné, il se rendit chez son beau-père Fang Li pour l'informer de la disparition de sa fille. Mal lui en prit : Fang Li rentra dans une colère noire.

« Cela fait bien longtemps que ma fille est tombée en défaveur auprès de toi. Elle est venue il y a peu nous raconter la façon dont tu la traitais. Elle haïssait sa condition et nous voyions bien qu'elle pensait à mettre fin à ses jours. Ma femme et moi avons dû maintes et maintes fois la réconforter et tenter de lui faire accepter son sort : rien d'autre ne faisait qu'elle s'accrochait à l'existence.

« Je suis certain que tu as fini par la tuer à force de la battre, puis tu as dissimulé son corps et maintenant tu oses venir chez moi pour tenter de me faire passer des vessies pour des lanternes ! Je vais de ce pas te dénoncer au magistrat et faire rendre justice à mon enfant ».

---

[42] L'expression 云雨 *yúnyǔ*, « nuage et pluie » désignant comme chacun sait les ébats amoureux.

Sitôt dit, sitôt fait : il se rendit au *yamen* pour déposer plainte devant le mandarin local, le juge Tang.

« Par la présente je rends compte d'un grave bouleversement des principes moraux et d'une atteinte à la loi. Prendre femme pour la seule raison de prouver son nouveau statut social, n'est-ce pas suivre la voie des Barbares[43] ? Se maltraiter entre époux, c'est se comporter pire qu'une bête !
« Notre fille Ch'un-Lian a été mariée via un entremetteur au dit Lin Fu. Comment aurions-nous pu prévoir que le susdit serait un débauché qui la frapperait et l'humilierait sans répit ?
« Arriva ce qui devait arriver : à force de la cogner cruellement il a fini par la tuer. Craignant le châtiment mais trop timoré pour fuir, il a dissimulé quelque part le corps de sa victime. Puis il a fait courir la rumeur de la fuite de son épouse, mais en apporte-t-il une preuve quelconque ? Dans une région si densément peuplée, des femmes pourraient-elles fuir sans laisser trace de leur passage ? Et alors qu'elles marchent

---

[43] La morale confucéenne, résumée ici par la formule très classique 婚姻论财，夷虏之道 *hūnyīn lùncái, yílŭ zhī dào* veut en effet, pour la pérennité de l'institution du mariage, qu'il est plus important de s'assurer que les futurs époux puissent s'entendre que de payer attention à la fortune des familles ou à l'adéquation des cadeaux (envoyés par la famille du fiancé) et de la dot (qui accompagne l'épousée). Il est presque superfétatoire de dire que la pratique a bien évidemment pendant des siècles superbement ignoré ces conseils de bon sens, certes difficiles à appliquer dans une société très corsetée. Au mieux, les parents payaient un devin astrologue pour qu'il étudie la conformité des horoscopes des futurs fiancés (八字 *bāzì* les « huit caractères » correspondant à l'année, le mois, le jour et l'heure de la naissance).

avec difficulté[44], ne seraient-elles pas très vite rattrapées ?

« Il est manifeste que nous sommes confrontés à un crime atroce. L'âme de ma pauvre fille a été jetée dans la nuit la plus noire, alors même que son père décrépit voit encore la blanche lumière du jour. Je supplie que l'on recherche son corps[45] et que le coupable paye pour son crime.

« Je présente ma pétition avec une profonde affliction. »

Le sous-préfet accepta la plainte et envoya des gardes se saisir de Lin Fu mais celui-ci, comme de bien entendu, s'empressa de déposer sa propre contre-plainte.

Hsü Ta apprit que Lin et Fang avaient lancé tous deux une procédure judiciaire croisée. Il comprit que les choses risquaient de tourner rapidement au vinaigre et déclara à Lotus de Printemps :

« Cela fait plusieurs jours que tu es là, et je ne pensais pas que tes parents mettraient la justice sur ta piste. Si les autorités lancent des recherches et qu'on te trouve ici ça va chauffer pour nos fesses. Je pense qu'il vaut mieux prendre nos cliques et nos claques et déguerpir vers des cieux plus cléments.

---

[44] Probablement un anachronisme, car la pratique des pieds bandés, si elle existait déjà à l'époque du juge Pao, était encore très peu répandue, surtout dans les classes moyennes dont le boucher faisait encore partie : en témoigne le fait que Lotus de Printemps devait se lever elle même le matin pour allumer le feu, ce qui prouve l'absence de domesticité.

[45] Préalable indispensable puisque dans la justice traditionnelle chinoise, sans cadavre il n'y ni victime ni meurtre.

« — Tu as raison, il n'y a pas un instant à perdre, répondit-elle. Dépêchons-nous ! »

Ils préparèrent hâtivement quelques bagages et se glissèrent hors de la ville à la nuit tombée. Leur fuite les emmena jusqu'à la capitale de la province du Sud des Nuages[46], mais là leurs provisions de voyage s'avérèrent entièrement épuisées.

« Voilà où nous en sommes, dit Hsü Ta. Nous n'avons personne vers qui nous tourner, nous n'avons plus rien à manger, plus d'argent, comment allons-nous nous en tirer ?

— Ne t'inquiète pas pour les petits soucis du quotidien, lui répondit Lotus de Printemps, une lueur salace dans les yeux. Si je consens à sacrifier mon corps cela suffira bien pour nous deux. »

Hsü Ta finit par accepter malgré une certaine réticence. Lotus de Printemps, outrageusement habillée et maquillée, embrassa la carrière de prostituée en usant du pseudonyme de Su'E, *Blanche Beauté*. C'est ainsi qu'ils survécurent : tous les jeunes débauchés des environs, en apprenant qu'une jeune et belle putain venait d'ouvrir boutique, voulurent venir en tâter. L'argent rentrait, et même plus qu'il n'en fallait.

---

[46] C'est à dire, bien sûr, le 云南 Yün-Nan (pinyin *Yúnnán*). Mais il s'agit là encore d'un anachronisme car au XIᵉ siècle il n'existait pas de province du Yunnan, qui était érigé en royaume indépendant (le royaume de Dali). En outre le terme même de « province » n'était pas usité : la circonscription la plus importante était le « circuit ». Les termes administratifs sont rarement correctement utilisés dans les enquêtes du juge Pao ici traduites, parce qu'ils avaient beaucoup varié entre la dynastie des Song et la fin de celle des Ming, sous laquelle a vécu l'auteur anonyme de ces enquêtes.

La jalousie mène à la geôle

MAIS QUEL RAPPORT entre toutes ces tristes histoires ? Il advint que quelque temps après la disparition de Lotus de Printemps (nul ne savait qu'elle s'était éclipsée avec Hsü Ta), un vénérable vieillard rapporta qu'il avait découvert un cadavre dans un puits désaffecté de son voisinage. Le magistrat ordonna une enquête ; l'état de décomposition du cadavre empêcha que le corps soit identifié comme la concubine du marchand You Tzu-Hua. Fang Li eut vent de la découverte et se persuada qu'il s'agissait de sa fille. Aveuglé par la douleur, il se jeta sur l'affreuse dépouille et hurla entre deux sanglots :

« C'est le cadavre de ma pauvre fille ! Je le savais bien ! C'est mon infâme gendre Lin Fu qui l'a battue à mort et l'a jetée dans le puits en espérant effacer les traces de son crime. Je supplie qu'on le soumette à la torture ! »

Le magistrat convoqua le suspect ; il avait un cadavre, l'enquête pouvait reprendre.

« Est-il vrai que tu as tué ta femme et que tu as voulu dissimuler son cadavre dans le puits ?

— Ce corps est bien celui d'une femme, dit Lin Fu, mais pas celui de mon épouse. Je ne reconnais pas ces habits. Qui plus est ma femme était de haute taille et celle-ci est petite. Elle avait les cheveux très longs et abondants, et regardez ceux-là ! Toutes ces insinuations ne visent qu'à nuire à Votre humble serviteur. Dix mille fois, je prie que Votre Seigneurie fasse toute la lumière sur cette affaire !

— Que de belles paroles ! rétorqua Fang Li sur un ton de plus en plus larmoyant. Ne suffit-il pas que soient examinées les blessures ayant causé la mort de ma fille pour qu'on sache enfin ce qui s'est passé ? »

Et en effet le médecin légiste conclut que la victime avait subi nombre de coups et de traumatismes bien avant de mourir. Cela concordait avec ce qu'on savait du comportement violent du jaloux boucher. Le magistrat lui fit appliquer la question et très vite Lin Fu céda et avoua tout ce qu'on voulait. Il fut immédiatement jeté au cachot et le magistrat rédigea son rapport.

Les voies détournées des dieux vengeurs

VERS LA FIN DE L'ANNÉE le juge Pao fut envoyé en tournée d'inspection dans la préfecture avec ordre express de se pencher sur le cas de Lin Fu : l'examen du rapport avait mis en évidence l'imperfection des charges à son endroit et le juge Pao soupçonnait l'erreur judiciaire. Il se dit en soupirant : *j'ai pour mandat impérial de redresser les injustices. Cette affaire est éminemment suspecte. Comment pourrais-je ne pas m'efforcer de démêler le vrai du faux ?*

Le juge ordonna à l'un de ses secrétaires de fouiller les archives et de rassembler toutes les annonces de disparition en remontant à plus d'un an. Puis il rassembla les responsables locaux et leur déclara :

« Si Fang Ch'un-Lian était bien la dépravée qui apparaît dans les récits des témoins, il serait très étonnant qu'elle soit restée tranquillement chez son mari à attendre la mort sous les coups. M'est avis qu'elle s'est enfuie, ou qu'elle a été ravie par quelqu'un. »

Il produisit alors le résultat des recherches : c'était une affiche, usée et délavée, sur laquelle on pouvait néanmoins encore distinguer quelques caractères. Un marchand nommé You Tzu-Hua y dénonçait la disparition de sa concubine. La description qui en était faite correspondait au cadavre du puits. Le juge voulut convoquer le marchand pour témoigner mais ce dernier avait quitté Canton depuis belle lurette et personne ne savait où il était allé. Le juge passa la nuit à se ronger les sangs : comment allait-il désormais apporter la preuve irréfutable de l'innocence de Lin Fu ? Il alluma un bâtonnet d'encens et ses prières s'adressèrent aux Dieux du sol :

« Ma poitrine est emplie d'incertitude. Ma théorie de la fuite de Lotus de Printemps est-elle correcte ? Je me prosterne et espère que les esprits de la Terre permettent une application équitable de la justice. »

Mais le juge se réveilla le lendemain sans, semblait-il, que son appel eut été entendu. Il devait néanmoins continuer à assurer l'ensemble de ses autres fonctions officielles, dans le cadre desquelles un courrier important devait parvenir aux autorités provinciales du Yün-Nan. Il réquisitionna Tang Kuan, *la Flûte de jade,* l'estafette la plus sûre de Canton, ainsi surnommé pour des raisons que la morale interdit de dévoiler en ces pages ; qu'il suffise de dire qu'elles n'influaient pas sur la qualité de ses services.

Après quelques jours de cavalcade l'homme arriva au Yün-Nan, se présenta au *yamen* puis s'installa dans la résidence des hôtes de passage en attendant que réponse soit donnée au courrier du juge.

Plusieurs jours s'écoulèrent et rien ne venait. Kuan s'impatientait. Il avait eu vent de l'installation récente en ville d'une courtisane dont les charmes éclipsaient de loin ceux des péquenaudes locales. Fidèle à sa réputation, il décida donc de rendre visite à Blanche Beauté pour apaiser ses nerfs tendus par la frustration de l'attente. Une fois contenté, il demanda, curieux :

« Qu'est-ce qui amène une belle donzelle comme toi à venir jouer la fille de joie dans un trou pareil ?

— Je suis issue d'une famille honorable mais mon mari me rouait de coups tous les jours. Je ne supportais plus sa cruauté et me suis enfuie. Arrivée ici, je n'ai trouvé que cette profession pour pouvoir m'assurer le gîte et le couvert.

— Je reconnais ton accent : c'est le même que le mien ! s'exclama la Flûte de jade. Je crois bien que tu viens de Canton et que tu es la femme de Lin Fu ! »

Sous le coup de l'effarement, le visage de Blanche Beauté se couvrit d'un voile carmin. Elle n'osa nier ; ses aveux coulaient à flots.

« C'est mon voisin Hsü Ta qui m'a amené jusqu'ici. Mais puisque nous sommes pays, je vous supplie de ne pas dévoiler la vérité quand vous rentrerez. Immense est votre mansuétude ! Pourrai-je jamais assez vous témoigner ma reconnaissance ? »

Et tout en flattant son interlocuteur elle refusait même l'argent qu'il lui devait pour la prestation.

« Ton maquereau et toi pouvez être rassurés, dit Kuan. Je n'ai aucune raison de dévoiler votre petite astuce ! Reste là bien tranquille à recevoir tes clients. Moi-même je passerai demain avant de repartir. »

Il prit congé et rentra à sa résidence en pensant : *une grave injustice est à redresser en ce bas monde. Lin Fu croupit dans un cul de basse-fosse alors qu'il est innocent !* Il était en fait impatient de rendre compte de sa découverte malgré sa promesse fallacieuse à l'effrontée catin. Le lendemain on lui remit la réponse officielle et (après avoir encore une fois profité des charmes de Blanche Beauté pour ne pas éveiller sa méfiance…) il repartit à bride abattue vers Canton. Le juge Pao fit tirer Lin Fu de son cachot et le mit immédiatement en selle avec Kuan et une escouade de sbires pour se rendre au Yün-Nan et identifier formellement sa femme. L'arrestation de Hsü Ta et de Lotus de Printemps fut rondement menée et tout ce beau monde refit une fois de plus le trajet vers Canton. Tang Kuan commençait à avoir le postérieur qui le brûlait.

Le juge Pao put enfin interroger tous les protagonistes de l'affaire et en démêler l'écheveau. Lotus de Printemps fut vendue en mariage aux enchères en place publique[47]. La petite fortune qu'elle avait accumulée en à peine quelques mois fut attribuée comme compensation à Lin Fu. Celui-ci, désormais riche, attribua trois onces d'argent de récompense à Tang Kuan. Hsü Ta fut envoyé en exil aux frontières. Fang Li, ayant accusé à tort son ex-gendre, se vit appliquer la peine correspondante[48].

------

[47] L'une des punitions pour la femme adultère. La valeur de la vente revenait à l'État. Cette phrase reflète le code pénal des dynasties plus récentes que les Song et est anachronique. Dans les siècles précédents, le châtiment pouvait être beaucoup plus brutal et la mort était souvent décidée par le chef de clan sans en référer à la justice. Mais le fait est que même jusqu'au début du XXe siècle la loi pouvait dans certains cas soumettre la femme adultère à d'atroces supplices en public. Le verdict du juge Pao est donc ici relativement clément.

[48] C'est donc lui le seul qui sera exécuté…Voir la note 18. Et la brute, You Tzu-Hua, dans tout cela, lui qui avait poussé sa concubine à la mort ? Décidément, même appliquée par le juge Pao, la justice semble parfois bien mal répartie... La consolation,

Les arrêtés du juge furent ainsi rédigés :

« Jugement de la dénommée Fang, femme volage et vagabonde, coupable d'adultère et de fornication : elle se rendait souvent sous les mûriers et maintes fois partait en croisière sur la rivière P'u[49]. Ayant su ces agissements dégradants, son époux se mit à la battre, ce qui est justifié et séant. Mais les coups portés firent naître chez l'épouse l'envie de s'enfuir sans lui ôter le moins du monde celle de partager sa couche avec autrui. En ouvrant sa porte un bon matin elle rencontra le libertin Hsü Ta et le suivit chez lui pour s'y dissimuler et s'y adonner au dévergondage. Hsü Ta est un coolie évadé, un être médiocre et de bas sentiments. Grâce à quelques paroles mielleuses il sait néanmoins séduire les belles, et de l'usage de leurs charmes a fait carrière ; tout comme un favori qui veut recevoir une charge de son souverain mais refuse d'en supporter les responsabilités. Pour avoir détourné une femme mariée, même consentante, il ne peut éviter le bannissement et les travaux forcés.

« Fang Li, le père de l'accusée, refusa de voir les taches qui souillaient sa propre maisonnée, accusa son gendre de l'immoralité de sa fille et lui imputa l'assassinat et la disparition d'icelle. Il désigna inconsidérément le cadavre de la

---

si l'on peut dire, est qu'un magistrat pouvait aussi être puni pour avoir condamné ou fait torturer un innocent (bien qu'il ne soit jamais indiqué dans les enquêtes du juge Pao ce qu'il arrive aux juges fautifs, comme ici le magistrat Tang).

[49] Que d'élégantes formules pour désigner d'abord le lieu de la débauche, ensuite l'acte lui même. Ces allusions viennent du fond le plus classique.

concubine d'un tiers comme celui de sa fille. Il
déposa plainte pour meurtre et dissimulation
du corps alors que sa fille était encore vivante.
Il est aisé de se laisser abuser par les appa-
rences, mais quand la vérité éclate il l'est
moins d'échapper au châtiment.

« Lin Fu a été largement compensé financiè-
rement pour l'erreur de jugement commise et
autorisé à se remarier. Tang Kuan s'est acquit-
té de sa tâche avec intégrité et a reçu une récompense conséquente.

« Tous les aveux ont été consignés dans les archives officielles. »

Ainsi en décida-t-il. Le peuple ne l'en admira que
plus ardemment.

3

Poétique justice

Où...

Un jeune désœuvré aurait mieux fait de le rester ;

Manquant d'esprit, un jeune garçon attire un esprit ;

Un parvenu est trahi par un neveu rancunier ;

Le juge Pao n'a pas à trop s'impliquer.

LE NOMME HSÜ LUNG était né à Chien-Chou dans une famille très pauvre qui sombra dans la franche misère quand le père mourut, laissant sa femme incapable d'assurer le riz quotidien. Son frère cadet Hsü Ch'ing se loua comme manœuvre pour subvenir aux besoins de leur mère, mais lui passait ses journées à flemmarder et vivre à leurs crochets. Il s'attirait les reproches continuels de la vieille dame et finit par en concevoir quelque honte et remords.

Un jour enfin, il se secoua, se mit d'accord avec l'un de ses meilleurs amis et ils partirent ensemble vers le Yün-Nan, pleins de zèle, pour commercer. Et il s'écoula plus de dix années avant que Hsü Lung, ayant enfin fait fortune, s'en retourne au pays chargé de richesses.

À la nuit tombante ses pas le portèrent jusqu'au dernier embarcadère avant sa destination. Dans la pénombre il reconnut le même batelier qui l'avait jadis fait passer dans l'autre sens. L'homme s'appelait Chang Chieh ; tous deux se saluèrent en souriant. Chieh demanda :

« Eh bien, frère Lung, tu es resté au loin tant d'années, j'imagine que les affaires ont bien marché ! »

Hsü Lung, chargé comme un baudet et éreinté d'un si long trajet, eut un petit sourire :

« Oh, les affaires, tu sais, ça va ça vient ! »

Sur ce il jeta dans la cabine son ombrelle et le bambou rouge qui supportait son baluchon... lequel atterrit avec un grand bruit sourd. Chang Chieh comprit que ce long périple au Yün-Nan avait en effet permis à son passager d'amasser moult lingots et sentit la convoitise naître en son cœur. D'un coup de sa perche il frappa Hsü Lung qui tomba dans le fleuve et s'y noya immédiatement ; l'obscurité régnait et le meurtre n'avait pas eu de témoin.

Chang Chieh dissimula soigneusement le baluchon et rentra chez lui. Il dépensa sa soudaine fortune avec parcimonie, acquérant peu à peu des terres et y faisant construire des maisons.

Quand son fils Chang You eut sept ans, Chieh loua les services d'un précepteur pour lui enseigner les lettres classiques. Le professeur venait souvent le flatter :

« Votre fils excelle dans la poésie comme dans les sentences parallèles ! »

Chang Chieh cependant était sceptique devant tant de louanges et, la fête de la cinquième lune arrivée, il pria le précepteur d'honorer le banquet de sa présence. Au milieu du repas, il demanda :

« Puisque M. le Professeur dit que mon fils se débrouille en sentences parallèles, pourquoi ne lui demanderions-nous pas de nous improviser quelque chose sur le thème de la Fête ?

— Sans problème ! répondit le précepteur. Le jeune maître témoigne d'un rare talent, ce ne sera pas difficile pour lui. »

Il lança alors la première sentence[50] :

« *Un fil de soie jaune maintient la papillote, au-dessus de la Mi-Luo flotte une âme loyale*[51]. »

Le jeune garçon réfléchit un long moment mais fut incapable de répondre. Chang Chieh était dépité, le précepteur avait perdu la face et l'enfant, couvert

---

[50] Dans cet exercice d'improvisation poétique, il s'agira pour l'un des protagonistes de lancer la première partie d'un couplet et à l'autre d'en imaginer la suite qui doit rester dans le thème choisi tout en respectant les règles des « sentences parallèles » (un autre terme moins élégant est « couplet antithétique ») qui sont essentiellement :

- les deux vers doivent posséder le même nombre de caractères ;
- les caractères en regard dans chaque vers doivent avoir la même fonction grammaticale, leur sens doit se faire écho, et leur ton (en chinois d'époque) doit être inversé (plat ou oblique).

[51] Ce vers est directement en lien avec le thème de la fête de la 5ᵉ lune (aujourd'hui mieux connue comme fête des bateaux-dragons) qui célèbre la mémoire du poète et patriote Qu Yuan noyé dans la rivière Miluo. La tradition veut qu'à l'occasion de cette fête l'on consomme des 粽子 (*zòngzi*), qui sont des petites papillotes de riz gluant dans une feuille de bambou.

de honte, prétexta d'un besoin urgent pour s'éclipser. Sur le chemin des lieux d'aisance il croisa un vieillard chenu qu'il n'avait jamais vu dans la maison.

« Pourquoi cet air si chagrin un soir de fête ? demanda l'inconnu à Chang You.

— Mon père a demandé à mon précepteur, en plein banquet, de me tester sur les sentences parallèles, répondit l'enfant. Mais je n'ai pas été capable de répondre ; voilà pourquoi je suis triste !

— Et cette sentence, quelle était-elle ? »

Chang You la lui répéta. Le vieillard se mit à rire :

« C'est très simple pourtant ! Je vais t'aider.

— Merci infiniment !

— *Un bout de bambou pourpre supporte le fardeau, arrivé au bac périt celui qui s'en revient de loin* », déclama alors le vieillard.

Enchanté, Chang You se précipita dans la salle de banquet pour dire à son précepteur :

« Monsieur, j'ai trouvé la suite de votre sentence ! »

黃絲繫粽汨鑼江上吊忠魂

紫竹挑包接迹渡頭謀遠客

Les sentences récitées par le jeune You.

Le précepteur était fort soulagé et lui ordonna de s'exprimer sur-le-champ. L'enfant récita ce que le vieillard lui avait suggéré. Et ce fut son propre père qui blêmit sous le coup de la surprise et de la frayeur ! Le précepteur n'en avait rien vu et commentait de son côté, très docte :

« Les sentences s'accordent en effet, mais le choix du sujet n'est pas très heureux... »

Chang Chieh s'interposa brusquement :

« Tu as forcément demandé à quelqu'un de composer ce couplet à ta place, dépêche-toi de tout me dire si tu veux t'éviter le fouet ! »

Le garçon s'empressa de raconter à son père tout l'épisode. Chang Chieh demanda alors :

« Est-ce que ce vieux monsieur est encore là ?

— Je ne sais pas. »

Chang Chieh se rua aux toilettes mais n'y vit rien de suspect. Il ne pouvait s'empêcher de penser que c'étaient les mânes vindicatifs de sa victime qui étaient apparus après tant d'années sous les traits de ce mystérieux vieillard. La peur lui causait tremblements et palpitations et c'est en balbutiant qu'il dévoila au précepteur stupéfait l'histoire du meurtre de Hsü Lung.

Dans sa confusion il ne s'était pas aperçu que traînait par là l'oreille indiscrète d'un lointain neveu, Chang Pen, qu'il hébergeait pour quelque temps sous son toit. Pen gardait contre son oncle une dent tenace, née d'un vieux conflit, et dès le lendemain se rendit au tribunal pour dénoncer le crime. Le magistrat du district était un nommé Tung Hou ; au vu de l'acte d'accusation il envoya cinq gardes d'élite se saisir de Chang Chieh pour le soumettre à interrogatoire.

Arrivé au pied de l'estrade du juge, Chang Chieh, pâle comme la mort, semblait hagard et déjà dévasté. Tung Hou sut que les charges reposaient sur du solide ; quelques supplices suffirent en effet à arracher au suspect des aveux complets et crédibles.

Le juge lui fit poser la cangue et le cadenas et il fut jeté au cachot. Puis il adressa dès le lendemain son rapport au juge Pao qui était son supérieur hiérarchique. Pao confirma que le meurtre devait être payé de la vie du coupable. Toute la fortune de Chang Chieh revint à l'État mais sa femme et son fils purent s'enfuir et ne furent pas poursuivis plus avant.

4

La bonzesse serre les fesses

Où ...

L'amour trahit l'amitié ;

Il est confirmé que sous des dehors élégants,
certaines représentantes du sexe faible
dissimulent une nature parfois vindicative ;

Des moines bénéficient d'un long voyage aux frais de l'Empire.

Mme Teng tombe dans le piège !

L'AFFAIRE DÉVOILÉE CI-APRÈS s'est déroulée dans la préfecture de P'an-Fu, province du Kuei-Chou. Un lettré du nom de Ting Jih-Chung avait pour habitude d'aller étudier au monastère du Paisible Bonheur et entretenait d'excellentes relations avec le moine Hsing-Hui. Ce dernier voulut un jour lui rendre visite en retour à son domicile, mais Jih-

Chung était sorti ; son épouse, née Teng, avait ouï dire par son mari qu'il partageait souvent au monastère le brouet du moine. Aussi vint-elle à la rencontre de Hsing-Hui et le pria-t-elle de rester à déjeuner. Hsing-Hui fut frappé de la rare beauté de Mme Teng comme de son élocution raffinée ; de ce moment la passion et l'envie lui dévorèrent la poitrine. Quelque temps plus tard, alors que Jih-Chung, plongé dans ses recherches, n'avait pas quitté le monastère depuis plus d'un mois, Hsing-Hui ne put plus se contenir et mit au point son plan de campagne. Un peu d'argent lui suffit pour embaucher deux ruffians qu'il fit déguiser en porteurs de palanquin. En milieu d'après-midi ils arrivèrent chez Mme Teng :

« Madame, votre époux dépense tant d'énergie à ses travaux qu'il a subi une attaque et s'est évanoui ; le moine Hsing-Hui a pu lui faire reprendre conscience, mais il est encore alité, sur le point de rendre l'âme ! Nous avons reçu l'ordre de venir chercher Madame pour qu'elle puisse se rendre à ses côtés.

— Mais pourquoi ne pas l'avoir tout simplement ramené ici dans le palanquin ? s'enquit Mme Teng.

— C'est ce qui était prévu au départ, répondirent les porteurs. Mais le chemin fait plus de dix *li* de long. Il était à craindre qu'il ne prenne froid, son état se serait aggravé et il n'aurait plus été possible de le sauver ! Il vaut mieux que Madame aille le voir et décide d'elle-même s'il faut le ramener ou s'il doit être soigné là-bas. Et puis si un proche se trouve à ses côtés, le malade se laisse mieux soigner. »

Mme Teng se rendit à ces raisons et monta dans le palanquin. Ils arrivèrent au monastère alors que la soirée était déjà bien avancée. Le palanquin s'enfonça dans le dédale des cellules où logeaient les moines, et quelle ne fut pas la surprise de Mme Teng quand elle vit qu'un riche dîner avait été disposé à son intention ! Elle exigea qu'on la mène sur-le-champ au chevet de son mari. Mais Hsing-Hui dit :

« Ces stupides coolies vous ont mal rapporté le déroulement des faits. Votre époux, invité par des amis, s'était rendu au nouveau monastère situé en dehors de la ville. L'on nous a apporté la nouvelle de son attaque. Je suis allé personnellement m'en occuper : il est hors de danger, mais intransportable. Pour y aller, cela fait au moins cinq *li*, et la nuit est déjà tombée. Il vaut mieux que vous vous reposiez ici et ne repartiez que demain matin. Si vous souhaitez quand même partir ce soir, attendez au moins que vos porteurs se soient sustentés et profitez-en pour dîner vous-même ! Nous ferons préparer des torches. »

Mme Teng commençait à penser que tout cela n'était pas très bouddhique mais n'avait à vrai dire pas grand choix. Elle but quelques verres puis voulut convoquer ses porteurs. Hsing-Hui lui affirma qu'ils ne voulaient pas travailler de nuit et s'étaient tout deux défilés. Il la poussa à continuer à boire sans s'inquiéter. Il avait ordonné aux serveurs de suggérer à Mme Teng qu'elle était déjà pompette et de la mener jusqu'à une cellule pour y passer la nuit. À la lueur tremblotante de sa lampe, Mme Teng discerna des couvertures luxueuses, des voiles de soie et des coussins brodés, tous d'excellente facture. Elle fit le tour de la chambre, défiante, et s'assura que tout était bien fermé ; elle garda tous ses vêtements pour s'allonger mais ne put trouver le sommeil. Quelque part, une cloche résonna ; Hsing-Hui surgit soudain du fond de la pièce, s'avança près du lit et tenta de l'embrasser !

« Au secours ! hurla-t-elle.

— Tu peux hurler jusqu'au matin, personne ne viendra à ton aide ! éructa le moine. J'ai dû me creuser les méninges pour t'attirer jusqu'ici, si j'y suis arrivé c'est que nos destins étaient faits pour se croiser ! Pas de chichis avec moi ! Pour une nuit, laisse-toi un peu aller, et je te ramène à ton mari demain. Un peu de compassion, ou je te jure que ta vie ne vaudra pas cher !

— Chien de moine ! Comment peut-on être à ce point dénué de vergogne ! Je préfère mourir plutôt que de subir un tel outrage ! »

Elle continua ainsi à fulminer et à se débattre un bon moment. Hsing-Hui lui arracha ses vêtements, lui entrava pieds et poings, et se livra sans retenue à ses pulsions sordides. Le lendemain il lui dit :

« C'est vrai que j'ai dû t'embobiner pour te faire venir ici, mais au point où tu en es, il ne te reste plus qu'à te raser la tête et te faire bonzesse ! Tu pourras rester cachée dans l'enceinte du monastère ; pas la peine de t'inquiéter pour le gîte et le couvert, c'est moi qui régale ! Ceci dit, si tu pensais vraiment ce que tu criais cette nuit, à ton aise : tu trouveras ici une corde de chanvre, un bon couteau et du poison, tu n'as que l'embarras du choix. »

La jeune femme se dit qu'après tout elle avait déjà été forcée ; si elle se suicidait maintenant sans avoir revu son mari, sa mort serait vaine. Autant endurer patiemment son ignoble sort, attendre le jour propice pour retrouver Jih-Chung, et mettre en œuvre sa vengeance. Ensuite elle pourrait mourir, son déshonneur lavé. Alors elle consentit à la tonsure.

Le lettré se fait sonner les cloches.

Toutes les recherches lancées par Ting Jih-Chung pour retrouver son épouse avaient échoué, et le jeune lettré n'était plus revenu au temple depuis un bon mois. Un jour pourtant il y passa pour tenter de trouver quelque réconfort auprès de son ami Hsing-Hui. Mme Teng reconnut de loin sa voix ; rassemblant tout son courage, elle se rua au-devant de son mari. Hsing-Hui se carapata en douce pendant que Jih-Chung saluait la bonzesse avec une certaine réserve. En pleurant, celle-ci dit :

« Mon cher époux, ne me reconnaissez-vous donc pas ? Hsing-Hui m'a attirée en ce lieu par la ruse. Jour et nuit j'ai prié pour que vous veniez me sauver. »

Empli d'une juste fureur, Jih-Chung partit à la recherche de Hsing-Hui pour le rosser. Mais le moine appela ses congénères à la rescousse et ensemble ils purent le maîtriser et l'enfermer. Hsing-Hui s'empara alors d'un sabre pour occire le malheureux époux. Mme Teng s'interposa en empoignant l'arme :

« Si tu veux le tuer, il faudra d'abord passer sur mon cadavre ! »

Hsing-Hui rengaina son sabre et la traîna sans ménagement jusqu'à sa cellule puis revint compléter son forfait. Jih-Chung le supplia :

« Tu as abusé la femme, et tu veux tuer le mari ! Sois assuré qu'une fois rendu au séjour des morts, je ne te laisserai pas en paix un instant. Si tu veux nous tuer, laisse-nous au moins mourir ensemble.

— Quand tu seras mort, ta femme n'aura plus aucun espoir et sera mienne à tout jamais ! rétorqua Hsing-Hui. Pourquoi vous tuerais-je tous les deux ?

— Dans ce cas, au nom de notre amitié ancienne, permets-moi de conserver mon corps intact et de mettre fin à mes jours moi-même.

— Bon... grommela le bonze. 'Faut bien que j'accumule un peu de mérites cachés pour compenser le reste qui n'est pas bien brillant ! Il y a une grosse cloche rangée derrière les cellules, je vais te coller dessous, débrouille-toi pour y crever ! »

Il enferma Jih-Chung sous le bourdon comme il l'avait annoncé. Mme Teng, en pleurs jour et nuit, adressait des prières à Kouan-Yin pour que la Bodhisattva sauve son époux.

**La bodhisattva Kouan-Yin (Avalokitesvara),
déesse de la compassion.**

Un rêve étrange et pénétrant...

TROIS JOURS PLUS TARD il advint que le juge Pao passa en tournée d'inspection dans la région. Un rêve étrange était venu le hanter trois nuits de suite : la Bodhisattva le guidait jusqu'au temple du Paisible Bonheur pour lui montrer un dragon noir prisonnier sous une énorme cloche. Le cœur empli de soupçons, il se rendit au monastère avec ses subordonnés pour voir ce qu'il en était. Arrivé aux cellules il constata la présence effective d'une grosse cloche et ordonna à ses hommes de la soulever. Ils y trouvèrent un individu plus qu'à demi-mort de faim et de soif, la respiration à peine perceptible. Pao comprit qu'il n'était pas arrivé là tout seul ; il ordonna qu'on lui fît avaler, au goutte-à-goutte, un peu de bouillie de riz. Ce semblant de repas terminé, l'homme reprit conscience et dit immédiatement :

« Le moine Hsing-Hui a enlevé ma femme pour en faire une bonzesse et m'a enfermé là-dessous ! »

Le juge fit arrêter le moine mais de bonzesse, point : l'épouse demeurait introuvable. Il ne renonça pas et ordonna une fouille en règle. Derrière une double paroi dans une cellule richement meublée, l'un des sbires découvrit enfin, en soulevant des lames du parquet, un escalier qui s'enfonçait dans le sol. Il s'engagea dans le souterrain, une lampe à huile à la main : en contrebas, une jeune bonzesse était assise, enfermée dans le noir. C'était bien Mme Teng, qui, à la vue de son mari libéré et de Hsing-Hui enchaîné, s'épancha et raconta comment le moine l'avait trompée et s'en était pris à son ancien ami. Confronté à l'évidence, Hsing-Hui ne pouvait plus nier ; il reconnut tous ses crimes et déclara qu'il acceptait la peine capitale.

Le juge Pao rédigea donc sa sentence en ces termes :

« De l'examen minutieux de l'affaire impliquant le moine libidineux Hsing-Hui, je conclus :

« Cultivant pourtant son vice invétéré, il s'était lié d'amitié avec le lettré Ting Jih-Chung et l'invitait fréquemment à des agapes alcoolisées. Après avoir découvert la grande beauté de l'épouse du lettré, issue de la famille Teng, il mit au point un stratagème pour satisfaire son caprice et attirer l'épouse au sein de la bonzerie, où il la força et la souilla. Puis il l'obligea à revêtir des habits de bonzesse et à subir la tonsure, simulant ainsi son entrée en religion. Malgré son désespoir, elle attendit son heure et planifia sa revanche.

« Un jour que Jih-Chung s'était rendu au temple, elle eut la chance d'entendre sa voix. Elle put le voir et lui narrer ses épreuves dans les larmes en l'assurant de ses sentiments inchangés. Mais les moines maîtrisèrent l'époux et voulurent le passer au fil de l'épée. Les suppliant de lui permettre de conserver son intégrité corporelle, il obtint de n'être pas tué sur-le-champ mais séquestré sous une lourde cloche.

« C'est alors que trois nuits de suite, la vision d'un dragon noir enfermé s'est imposée dans mes rêves. Pour cette raison, j'ai investi le monastère et ordonné de soulever la cloche sous laquelle la victime se mourait depuis cinq jours déjà. Ting Jih-Chung a survécu de justesse, sa convalescence est en bonne voie. Son épouse née Teng désirait la mort mais est toujours en vie ; le couple est donc réuni.

« Hsing-Hui a ravi par la ruse la femme d'un autre et a enterré vivant sa victime ; à ces crimes s'applique la peine d'avoir la tête tranchée et exposée à la foule. La communauté monastique dans son entier s'est faite complice de ces atrocités : les bonzes seront bannis aux armées dans une garnison lointaine. »

Hsing-Hui fut donc décapité, sa tête dressée au bout d'une perche, et ses acolytes envoyés grossir les rangs des troupes aux frontières. Puis le juge convoqua Mme Teng et la réprimanda en ces termes :

« Du jour où vous avez été capturée, vous auriez dû mourir pour rester chaste et ne pas entacher votre réputation ; et si vous l'aviez fait, votre époux n'aurait pas souffert le martyre sous la cloche ! Sans Kouan-Yin qui m'a guidé, ne serait-il pas mort ainsi ?

— Si je m'étais tuée ce soir-là, jamais je n'aurai pu revoir mon mari ni me venger de ce moine immonde, répondit-elle. Je comptais mourir après avoir pu prévenir Jih-Chung ! Il est désormais hors de danger, le moine exécuté, mais moi j'ai été souillée et ne mérite plus de vivre ; d'ailleurs je suis comme morte depuis longtemps. »

Ces paroles à peine terminées, elle se précipita tête la première contre une colonne et s'effondra au sol, ensanglantée. Le magistrat ordonna qu'on la relève ; elle était inconsciente sous l'effet du choc et de la perte de sang. Soins et médicaments la ramenèrent bientôt à la vie. Le juge Pao déclara alors à Ting Jih-Chung :

« Si l'on en croit les paroles de Mme Teng, sa soumission au début de l'affaire vient de ce que le moment n'était pas opportun ; si elle ne s'est pas tuée, c'était bien pour qu'un jour justice pût être faite. La tentative de suicide dont nous venons tous d'être témoins prouve clairement sa bonne foi. Vous devez donc la reprendre pour épouse.

— Jusqu'ici, je doutais fort de sa sincérité, répondit le lettré. Mais son acte m'a montré qu'elle n'est pas l'impudique tentant de prolonger son ignoble existence que je soupçonnais. Puisqu'elle a survécu, je la recueillerai et la traiterai comme par le passé. Ce sera comme si nous nous étions retrouvés dans notre vie ultérieure ! »

Le couple salua alors le magistrat et regagna son logis. Ils firent sculpter un buste du juge Pao dans une pièce de bois précieux et de ce jour lui rendirent hommage matin et soir.

Par la suite, Jih-Chung réussit les examens impériaux et reçut un poste d'assistant au Secrétariat du Palais.[52]

---

[52] Ce récit a sans doute partiellement inspiré van Gulik pour les deux autres affaires du *Squelette sous cloche* (voir la note 14). Dans *L'affaire du temple bouddhiste* figurent en effet des moines libidineux qui attirent (sous prétexte de guérir leur infertilité) les femmes dans leurs cellules, dont les murs et planchers sont trafiqués. Et bien entendu l'affaire dite du *Squelette sous cloche* elle-même rappelle le sort du malheureux Jih-Chung… ou du moins le sort qui l'attendait s'il n'avait pas été sauvé à temps.

5

La mare aux cadavres

Où...

Il est prouvé que l'alcool en voyage
est éminemment néfaste pour la santé ;

Un magistrat s'avère peu regardant
tant sur les moyens que sur les résultats.

Une sieste radicalement roborative

DANS LE DISTRICT DE CHIANG-HSIA, préfecture de Wu-Ch'ang, vivaient deux cousins qui s'entendaient à merveille depuis l'enfance. Le premier, Cheng Jih-Hsin, avait lancé un commerce de tissus et se rendait souvent pour affaires à Hsiao-Kan, chef-lieu du district. Plus tard son cousin Ma T'ai le rejoignit et leur négoce prospéra. L'année d'après, au vingtième jour du premier mois, ils se mirent en route avec chacun plus de deux cents petits lingots d'argent fin.

Un lingot d'argent chinois (dynastie Qing)

Après trois jours ils firent halte au relais de poste de Yang-Luo. Jih-Hsin dit à son cousin :

« Maintenant que tu connais le métier, nous allons nous marcher sur les pieds et perdre du temps et de l'énergie si nous restons ensemble pour aller à Hsiao-Kan. J'ai peur de rater une bonne occasion de faire plus de profits rapidement. Je te propose de nous séparer, de mon côté j'irai en ville tandis que tu te rendras au bourg de Hsin-Li. Qu'en penses-tu ?

— Ça me va très bien, » répondit T'ai.

Puis ils rentrèrent dans une boutique pour boire un peu de vin avant de se quitter. Le gérant Li Chao connaissait bien les deux cousins. Il s'empressa à leur rencontre et aligna plusieurs coupes de bon alcool pour leur souhaiter la bienvenue, invitant :

« Accueillons cette nouvelle année avec quelques verres ! Une fois l'an, ça ne peut pas faire de mal. »

Ses hôtes furent très vite ivres mais devaient malgré tout poursuivre leur chemin. Ils sortirent un peu d'argent pour payer le tavernier, mais Chao le refusa obstinément. Enfin les trois hommes se séparèrent après force salutations. Avant de se diriger vers la ville Jih-Hsin exhorta son parent :

« Dès que tu auras acquis suffisamment de pièces d'étoffes, ne perds pas de temps et expédie-les sans tarder en ville en louant les services d'un coolie. »

T'ai acquiesça et le quitta. Il n'avait pas parcouru cinq *li* que les effets de tout l'alcool absorbé se firent sentir. Ses jambes cotonneuses ne le portaient plus. Il s'assit pour se reposer un moment mais sombra vite dans le sommeil. Après quelques rêves embrumés il se réveilla pour constater que le soleil était déjà bien bas à l'occident. Il repartit d'un bon pied mais arrivé un peu plus loin sur une petite crête, il constata que nul village ni auberge n'étaient en vue. Son cœur se serra.

Au détour du chemin il croisa un bouvier du nom de Wu Yü. Celui-ci n'avait pas pour habitude de laisser s'échapper une bonne occasion de s'enrichir aux dépens d'autrui. Il demanda au voyageur égaré :

« Monsieur, la nuit sera bientôt tombée, pourquoi ne pas vous être trouvé un gîte ? Cette région n'est plus aussi sûre que jadis. Dans une dizaine de *li*, le chemin traverse une zone plus sauvage encore et j'ai bien peur que des malfaisants ne s'y soient établis. »

T'ai était déjà soucieux et les propos fallacieux de Wu Yü arrêtèrent ses pas.

« Où habitez-vous donc ? s'enquit-il.

— Devant nous, près d'une source.

— Puisque c'est tout près d'ici, puis-je vous demander de m'héberger pour cette nuit ? Je repartirai dès demain matin. Je vous en serai très reconnaissant.

— Ma maison n'est pas une auberge, dit Yü, feignant de refuser. Comment pourrais-je recevoir des gens pour la nuit ? Ça ne tiendrait pas. Et puis nos lits sont bien peu convenables pour un Monsieur comme vous. Je crois qu'il vaut mieux continuer de l'avant ou faire demi-tour.

— Je sais bien que vous ne tenez pas une auberge. Mais je vous prie de bien vouloir prendre en compte les risques que je cours si je reste dehors ! N'est-ce pas l'occasion d'acquérir quelques mérites cachés ? »

La voix de T'ai se faisait implorante et il réitéra sa prière. Wu Yü fléchit :

« Je vois bien que vous êtes quelqu'un d'honnête. C'est dit ! Je rassemble mes bœufs et nous y allons. »

Ils arrivèrent bientôt devant la cahute du bouvier. Yü appela sa femme :

« Ce soir nous hébergeons un voyageur qui s'est fait surprendre par la nuit. Prépare-nous un dîner avec un peu de vin ! »

La ménagère tenait depuis longtemps en horreur les cruelles manigances de son mari. En voyant T'ai son regard s'assombrit. Le marchand crut qu'elle était en colère de le voir débarquer ainsi à l'improviste et tenta de l'amadouer :

« Ne vous fâchez pas ma bonne dame, je saurai vous remercier chaudement ! »

Elle détourna le regard. T'ai ne comprenait pas ce qui se passait. Yü la fit sortir et invita T'ai à s'installer. La bonne femme n'eut plus qu'à préparer un semblant de banquet. Yü invita son hôte à boire toast sur toast. T'ai, qui tenait encore pourtant une sérieuse gueule de bois, ne pouvait cependant pas refuser cette manifestation d'hospitalité. Il recommença à vider verre sur coupe, coupe sur bol, bol sur tasse. Mais il ne savait pas que dans le breuvage Yü avait versé un narcotique ; sa vue se brouilla, sa conscience s'altéra. Yü l'envoya se reposer dans la petite pièce du fond. Quand T'ai fut enfin profondément endormi, il lui soutira toute sa fortune, lui retira ses riches habits de voyage, le hissa sur son dos et le trimballa jusqu'au ruisseau. Il lesta le sous-vêtement de sa victime de quelques lourdes pierres et poussa le corps inanimé dans une mare. Tous ses gestes témoignaient qu'il n'en était pas à son coup d'essai.

Le désespoir d'un cousin est de mauvais conseil

ENTRE-TEMPS, JIH-HSIN ÉTAIT arrivé à Hsiao-Kan. Il y passa deux ou trois jours à acheter ses marchandises avant de s'inquiéter de ne pas voir arriver celles envoyées par son cousin. Une décade encore s'écoula ; Jih-Hsin s'engagea alors sur la route de Hsin-Li pour aller à la rencontre de Ma T'ai. Il débarqua chez Yang Ch'ing, son courtier local, qui demanda :

« Pourquoi donc arrives-tu si tard cette année ?

— Mon jeune cousin a dû venir chez toi pour t'acheter du tissu, répondit Jih-Hsin, surpris. J'attendais à Hsiao-Kan ; pourquoi n'a-t-il pas fait partir la marchandise ?

— Je n'ai vu personne, dit l'autre.

— Pourtant tu sais bien, mon cousin Ma T'ai. Tu le connais, tu l'as vu l'année dernière.

— Quand devait-il passer?

— Il y a presque une demi-lune de cela. Le 23, nous nous sommes séparés au relais de Yang-Luo. »

Les employés du courtier ayant confirmé n'avoir pas vu T'ai, Jih-Hsin, malgré ses doutes, alla se renseigner chez les autres grossistes de la ville. Sans résultat. Le soir tombé, il retourna chez Ch'ing qui lui servit du vin pour chasser le froid de la nuit. Jih-Hsin, le cœur soucieux, n'arrivait pas à se détendre. Son hôte tentait tant bien que mal de le rassurer :

« Il a sans doute décidé d'aller acheter ses tissus ailleurs, sinon quelqu'un l'aurait vu ! »

Jih-Hsin savait que son cousin n'était pas encore familier de la région et ne se serait pas aventuré loin de Hsin-Li de son propre gré. Dès le lendemain il reprit la route du relais de Yang-Luo pour interroger son ami tavernier. Celui-ci confirma qu'il n'avait pas revu T'ai en ses murs après la date fatidique du 23. Les craintes de Jih-Hsin s'amplifiaient : son cousin n'aurait-il pas été attaqué en chemin ? Il se renseigna un peu partout, mais on lui répétait que ces derniers temps les routes étaient à peu près exemptes de dangers mortels. Alors il retourna à Hsin-Li ; tous les clients des auberges lui dirent qu'ils n'étaient arrivés là que depuis les premiers jours du deuxième mois. Jih-Hsin en conclut que son courtier avait dû voir arriver T'ai et, s'apercevant qu'il était seul et porteur d'une importante somme en argent, avait profité de l'absence de témoins pour le faire disparaître.

« Mon cousin est arrivé jusqu'ici avec deux cents lingots d'argent pour s'approvisionner en étoffes, dit-il à Ch'ing. Partout on m'a affirmé qu'il n'y avait pas de brigands sur le chemin. Et s'il avait été attaqué en route, on aurait au moins retrouvé son cadavre ! C'est donc sûrement toi qui as attenté à sa vie par esprit de lucre. Où serait-il allé s'il était encore en vie ?

— Ma maison est pleine de gens et de clients ! se défendit l'autre. Comment aurai-je pu commettre un tel forfait ?

« — Ils sont tous arrivés au début de ce mois, alors que mon cousin devait être là dans le courant du premier mois. Tu as eu l'occasion de le tuer !

— Il n'y a pas que mes clients, il y a aussi les voisins ! Il est impossible de tuer quelqu'un dans une boutique qui donne sur la rue sans que tout le monde ne soit au courant ! »

Le ton monta ainsi jusqu'à ce que les deux hommes en viennent aux mains. On les sépara, mais Jih-Hsin rédigea une lettre qu'il confia à un courrier à cheval ; celui-ci cravacha pour porter la plainte au magistrat du district dès le lendemain.

*

Le mandarin de Hsiao-Kan s'appelait Chang Shih-T'ai. Il accepta le dépôt de la plainte et fit proclamer l'ouverture de l'enquête. Mais le jour d'après, c'est une plainte du grossiste Yang Ch'ing qu'il reçut également ! Le juge ne fit pas dans la demi-mesure et fit arrêter l'ensemble des plaignants, des témoins et des suspects dans les différents cantons du district et les rassembla pour mener l'interrogatoire en audience. Il commença ses questions en s'adressant à Jih-Hsin:

« Tu accuses Yang Ch'ing d'avoir assassiné le dénommé Ma T'ai. Quels sont tes arguments ?

— Cet acte fourbe a été accompli en hâte et sans témoins, aucune preuve n'a transpiré, aucune trace n'en subsiste ! Je prie donc Votre Excellence d'étudier l'affaire de près et d'y appliquer ses lumières.

— Les paroles de Jih-Hsin sont pour le moins confuses et embrouillées, déclara alors Ch'ing. Ses intentions sont obscures et contraires à la morale. Ma

T'ai n'a pas mis les pieds chez moi cette année. Que je meure si je n'ai même qu'entr'aperçu sa figure ! Jih-Hsin lui-même a probablement comploté sa mort et accuse votre humble serviteur pour se couvrir.

— C'est impossible, dit Jih-Hsin. Nous nous sommes séparés après avoir bu et mangé dans la boutique de Li Chao, et nous avons chacun pris des directions différentes. »

Le magistrat interrogea alors le tavernier Li.

« Ce jour-là, quand Jih-Hsin et son cousin sont entrés dans ma boutique pour acheter du vin, c'était la première fois que je les voyais de la nouvelle année. Je leur ai donc offert plusieurs tournées. Quand ils en eurent fini, ils ont pris congé. L'un est parti vers l'est, l'autre vers l'ouest. J'en ai été témoin et n'oserai mentir.

— Beaucoup de clients fréquentent mon établissement, reprit Ch'ing. Si Ma T'ai était passé, des gens l'auraient vu ! Vous pouvez interroger mes clients et vérifier mes dires auprès de mes voisins. »

Le magistrat s'empressa de suivre ces conseils et rassembla tout ce beau monde:

« L'un d'entre vous a-t-il vu Ma T'ai entrer chez Yang Ch'ing ? »

La réponse fut unanimement négative comme de bien entendu. Jih-Hsin dit alors :

« Les voisins se connaissent tous et même si l'un d'eux savait quoi que ce fût, il refuserait de le dénoncer ! Quant aux clients, ils n'étaient pas encore là quand le drame s'est déroulé ! Que pourraient-ils savoir de ce qui s'est passé ? La vérité, c'est que quand T'ai est arrivé tout seul à la fin du mois dernier, Yang Ch'ing a vu l'occasion qui fait le larron. Je supplie Votre Seigneurie d'appliquer la Loi ! »

Le magistrat sentit que clients et voisins étaient du coup beaucoup moins sûrs d'eux-mêmes. Il voulut forcer Ch'ing à avouer. Mais l'infortuné continuait à clamer son innocence. Le mandarin hurla qu'on lui administre trente coups de gourdin ; et quand cela ne suffit pas, il lui fit appliquer les tenailles. Ch'ing ne put supporter le supplice et, dans un flot de mots et de prières confuses, avoua son crime imaginaire.

« Maintenant que tu as reconnu ta faute, dis-nous où tu as caché le cadavre et dissimulé ton butin ? » réclama alors le magistrat.

Ch'ing était bien en peine de répondre à ces questions et dut alors revenir sur ses déclarations.

« En vérité je n'ai rien fait, mais comme Votre Excellence m'a fait appliquer la question, j'ai endossé le crime pour faire stopper la douleur. »

Le magistrat était furieux et ordonna de reprendre sur-le-champ le supplice. Ch'ing s'évanouit et ne reprit conscience qu'au bout d'un long moment. Il pensa : *si je n'avoue pas, c'est la mort sous la torture qui m'attend. Je dois tout reconnaître et avec un peu de chance il comprendra son erreur d'ici quelque temps et j'échapperai à l'exécution.*

« J'ai jeté le corps dans le fleuve Yang-Tsé, continua-t-il à voix haute. Et j'ai dépensé tout l'argent. »

Le magistrat estima un peu vite que la réponse était sensée. Aussi fit-il poser la cangue à l'infortuné boutiquier et décida-t-il de sa culpabilité.

Le cri du corbeau sauve le courtier du cachot

Six MOIS S'ÉCOULÈRENT. Le juge Pao était en tournée d'inspection dans tout l'Empire et faisait justement étape dans la préfecture de Wu-Ch'ang. La nuit tombait mais le juge était encore penché sur les archives des années écoulées, vérifiant les dossiers des cas criminels. Alors qu'il consultait le dossier relatif à l'affaire qui vient d'être narrée, la fatigue le saisit soudain. Il s'allongea, déjà à moitié endormi, et bientôt se mit à rêver… d'un lapin ! L'animal portait un ridicule couvre-chef et bondissait en tous sens devant son bureau. Et bien qu'il fût plongé dans un profond sommeil, le juge pensa : *un lapin* 兔 *qui porte un chapeau, c'est forcément pour représenter le caractère* 冤, *Yüan, qui signifie « injustice ». C'est donc qu'il y a une erreur judiciaire dans le dossier que je consultais.*

Le lendemain matin il fit convoquer les protagonistes de l'affaire. Li Chao le tavernier répéta avoir vu les deux cousins prendre des routes opposées, et Yang Ch'ing et ses voisins affirmèrent de nouveau n'avoir pas vu Ma T'ai. Le juge Pao en conclut qu'il avait dû se passer quelque chose en chemin.

Il prétexta une maladie le jour d'après pour ne pas tenir audience. Ne souhaitant pas s'encombrer de l'aide du magistrat Chang, il enfila des vêtements légers et discrets et sortit en cachette du tribunal avec deux de ses adjoints. Le petit groupe prit à l'envers la route qui reliait Hsin-Li au relais de Yang-Luo pour vérifier les circonstances du drame. Arrivé sur la crête d'une petite chaîne de collines le juge Pao vit que l'endroit était isolé et sauvage, propice aux embuscades et aux embrouilles ; il décida de reconnaître systématiquement le terrain, mais ni lui ni ses adjoints ne découvrirent quoi que ce fût de suspect. Découragés, ils allaient repartir quand soudain, alerté par des cris d'oiseaux, Pao leva la tête et aperçut d'innombrables pies et corbeaux qui se rassemblaient comme en essaim au-dessus d'un bosquet épais, à l'écart de la route, qu'ils avaient longé maintes fois durant leurs recherches, sans pouvoir y pénétrer. Se rapprochant, le juge et ses adjoints bataillèrent pour franchir la paroi végétale et tombèrent sur un petit plan d'eau. À la surface flottait un cadavre à moitié décomposé dont les oiseaux charognards arrachaient la chair par lambeaux. Le juge envoya quelqu'un au relais réquisitionner vingt soldats et un palanquin. Le gérant obéit sans détour dès qu'il sut que l'ordre émanait du juge Pao. À leur arrivée sur place, le juge ordonna aux soldats d'aller récupérer le corps. Mais l'eau de la mare était noire comme l'enfer et personne ne pouvait en estimer la profondeur, même les soldats qui tâtonnaient avec le bois de leur lance ! L'un d'eux s'écria alors :

« Je me débrouille à peu près dans l'eau, je me porte volontaire pour aller le chercher. »

Une fois qu'il eut sauté dans l'eau et nagé jusqu'au centre de la mare pour tirer le cadavre à la berge, le juge lui cria :

« Fouille donc tout autour pour voir si tu ne trouves pas autre chose ! »

Le nageur plongea et découvrit vite, au fond de l'eau, plusieurs squelettes auxquels ne tenaient plus que quelques lambeaux de chair et de tissus. Il rejoignit le bord de l'eau et rendit compte au juge, lequel dépêcha immédiatement les soldats rassembler les familles qui vivaient dans les environs, à peine plus de dix personnes au total. Il leur demanda à qui était la mare. Tous répondirent qu'un tel endroit, trop ombreux pour y faire pousser quoi que ce soit d'utile, n'appartenait à personne. Le juge leur montra alors le cadavre qu'aucun des présents ne reconnut.

Le juge fit charger le cadavre dans le palanquin, et soldats, prisonniers, porteurs et palanquin se mirent en branle vers le relais de poste. Pendant le trajet il se demandait comment procéder et s'il était nécessaire de leur infliger la question à tous. Finalement il arrêta son choix sur l'utilisation d'un stratagème plutôt que de la torture, dont les résultats avaient dans cette affaire déjà induit en erreur le magistrat Chang. Il lui faudrait d'ailleurs sanctionner ce dernier pour sa négligence…

*

Dès l'arrivée au relais il prit place sur un siège et les soldats firent rentrer les prisonniers et les mirent à genoux, autour d'un cercueil ouvert contenant le cadavre récupéré dans la mare. Ils durent décliner leur identité qui fut consignée sur les registres du relais. Le juge Pao parcourut du regard la liste des noms et commença sur un ton solennel :

« Il y a quelques nuits, alors que j'étais à la préfecture, j'ai rêvé que plusieurs personnes se présentaient à moi pour déposer plainte. Elles déclarèrent avoir été tuées par un assassin qui avait ensuite jeté leur cadavre dans une mare.

« J'ai retrouvé cette mare et, conformément à ma vision, y ai découvert les corps. Et j'ai également avec moi le nom du tueur, que ces pauvres âmes malmenées m'ont communiqué ! »

De la pointe d'un pinceau trempé dans l'encre vermillon et théâtralement brandi, le juge traça deux ou trois traits au hasard sur la liste des noms des prisonniers. Soudain sa voix sévère se fit tonitruante :

« Que les innocents se lèvent et que l'assassin reste à genoux pour entendre mon verdict ! »

Les prisonniers à la conscience claire se levèrent en toute hâte.

Seul Wu Yü, le cœur battant à tout rompre et les membres flageolants, se tenait dans une position grotesque, incapable de se redresser. Quand enfin il fut debout, le juge saisit une pièce d'un jeu d'échecs posé sur la table et en frappa le plateau. Yü sursauta ; le juge s'écria :

« C'est toi l'assassin, et tu oses te lever ! »

Wu Yü se tint coi et la tête baissée. Pao ordonna à un garde de lui administrer le bâton et dit :

« Méprisable criminel ! Avoue donc si tu veux t'épargner la torture. »

Mais Wu Yü resta muet. Le juge lui fit infliger le supplice des bâtons en étau, entre lesquels les jambes du suspect étaient atrocement comprimées. Il obtint rapidement de Yü une confession détaillée :

« C'était un voyageur isolé qui venait de loin. Je rentrais tard à la maison avec mes bœufs quand je l'ai croisé. En rusant je l'ai attiré chez moi pour la nuit puis j'ai mis un poison dans son verre. Je l'ai ensuite jeté dans la mare. Jamais je n'ai su son nom.

— Ce cadavre-ci n'est pas encore complètement décomposé, reprit le juge. À quelle époque as tu commis ton crime ?

— C'était le 23 du premier mois au soir. »

Les dates concordaient : le juge était désormais certain qu'il avait devant lui la dépouille de Ma T'ai. Il voulut faire appeler Li Chao pour l'identifier mais les soldats lui rendirent compte que le tavernier n'était pas encore rentré de la préfecture où le juge l'avait convoqué lui-même.

« Ton erreur est d'avoir été trop cupide, conclut alors le juge en s'adressant à Wu Yü. Si tu n'avais pris à Ma T'ai que son argent, et si tu lui avais laissé ses riches vêtements, comme tu l'as fait pour tes autres victimes – sans doute de pauvres hères comme toi – son squelette aurait été entièrement nettoyé de sa chair avant que le tissu du sous-vêtement ne cède et que le lest ne puisse plus retenir le cadavre gonflé, qui est dès lors remonté à la surface. Ce sont les oiseaux attirés par l'aubaine qui m'ont alerté ! Sans eux je n'aurais pas découvert cette mare, trop bien dissimulée. »

Le juge Pao fit mettre le criminel sous les verrous et laissa aller les autres forestiers. Le lendemain, il se mit en selle vers le siège de la préfecture, accompagné de ses deux adjoints et du coupable. Quelle ne fut pas la surprise du magistrat Chang et de ses assistants de le voir arriver en telle compagnie, ne l'ayant même pas vu partir ! Le juge s'expliqua, et tous de s'esbaudir. Wu Yü fut placé sous bonne garde. Pao ordonna à Cheng Jih-Hsin de se rendre au relais pour tenter d'identifier le corps. À son retour, le juge rassembla tout le monde, y compris Yang Ch'ing qu'il fit tirer de sa cellule, et demanda à ce dernier :

« Si tu n'avais tué personne, pourquoi avouer, au risque d'être emprisonné et condamné à mort ?

— J'ai répété à maintes reprises que je n'avais rien à voir avec cette affaire, mais comme tous mes clients n'étaient arrivés qu'au deuxième mois et que la parole de mes voisins ne suffisait pas, je n'avais plus aucun argument valable à opposer à l'accusation. Aussi le magistrat du district me soupçonnait-il et m'a-t-il fait appliquer la question. Je craignais de mourir sous la torture et ai préféré avouer en espérant que le Ciel intervienne un jour en ma faveur. En ce jour, j'en perçois la justice, qui a fait débusquer le vrai coupable en permettant que Votre Seigneurie se penche sur cette affaire ! Le Ciel ne m'a pas oublié ! »

Le juge fit ouvrir sa cangue puis se tourna vers Jih-Hsin :

« Pourquoi avoir porté plainte sans suffisamment vérifier ce qu'il en était ?

— C'est pourtant ce que j'ai fait, répondit Jih-Hsin en tremblant. Partout en chemin je me suis renseigné, mais nul n'avait eu vent des activités criminelles de ce brigand de Wu Yü. La culpabilité de Yang Ch'ing m'apparaissait la seule explication plausible, je ne pouvais faire autrement que d'en informer la justice.

— Quelle somme d'argent Ma T'ai portait-il sur lui ? dit le juge.

— Deux cents onces.

— Combien as-tu pris en tuant Ma T'ai ? reprit le juge en s'adressant à Wu Yü.

— Je n'ai dépensé que trente onces, le reste est encore là-bas. »

Le juge envoya une poignée de sbires récupérer le butin. En les voyant arriver la mère de Wu Yü crut qu'ils venaient l'arrêter et alla d'elle-même se jeter à l'eau. Sa belle-fille voulut l'imiter mais les sbires l'en empêchèrent *in extremis*. Ils retrouvèrent l'argent, mirent la bicoque sous scellés et ordonnèrent aux rares voisins de surveiller les lieux. Puis ils rentrèrent à la préfecture avec l'épouse sous escorte. Celle-ci déclara au juge Pao :

« Mon mari était cruel et sans scrupule. Sa mère l'avait prévenu qu'un jour il serait puni de ses méfaits et ses victimes vengées. Mais que pouvais-je y faire, moi son épouse ? Ma belle-mère a choisi la mort plutôt que la honte, je demande à être autorisée à la suivre.

— Puisque tu ne participais pas aux activités criminelles de ton époux, je ne te reproche rien, lui répondit le juge. Tu es autorisée à te remarier.

« Quant à toi, Jih-Hsin, continua-t-il en se tournant vers le marchand, tu es coupable d'avoir lancé de fausses accusations. Mais c'était sans mauvaise foi ni volonté de nuire. Je te charge de ramener le cadavre de ton cousin à son domicile et de t'occuper de ses obsèques. »

Jih-Hsin se jeta à terre pour exécuter le *kowtow* tout en remerciant profusément le juge.

Wu Yü, enfin, fut décapité en place publique.

6

Jeu de massacre au gynécée

Où...

Par la faute d'un moine,
une épouse vertueuse et sa nièce admirable
perdent toutes deux la tête.

Les soutras ne soulagent pas

DANS LA PRÉFECTURE de Fu-Ning au Fu-Chien vivaient deux frères dont l'aîné, Chang Ta-Te ou *Vertu Immuable* était resté pauvre tandis que le cadet Ta-Tao, *Grande Voie*[53], avait fait fortune à un très jeune âge. Ta-Te avait épousé une nommée Huang Hui-Niang dont il avait eu une fille, Yü-Chi, modèle de piété filiale. Ta-Tao avait d'abord pris pour femme Ch'en Shun-E, chaste et vertueuse, puis avait acquis

---

[53] Prénoms d'inspiration taoïste : 达德 (pinyin *Dádé*) et 达道 *Dádào* contiennent les deux caractères qui figurent dans le titre du 道德经 *Dàodéjīng*, le *Livre de la Voie et de la Vertu* de 老子 *Lǎozi* (Lao Tzu ou Lao T'seu).

ensuite une concubine du nom de Hsü Miao-Lan, *Parfaite Orchidée* ; les deux femmes étaient fort belles mais aucune ne lui avait donné d'enfant.

Ta-Tao malheureusement rendit l'âme à vingt-cinq ans. Son frère aîné vit la possibilité de récupérer la fortune de son cadet qui était mort sans héritier. Il dépêcha le frère de sa belle-sœur, Ch'en Ta-Fang, pour conseiller à celle-ci de se remarier dans la famille. Shun-E avait cependant d'autres vues qu'elle dévoila alors : elle avait prévu d'adopter son neveu Yüan-Ch'ing, le propre fils de Ta-Fang, pour en faire l'héritier de feu son mari. Mais Ta-Te, en tant qu'aîné, s'opposa à son tour de toutes ses forces à ce projet en prétextant que Yüan-Ch'ing ne portait pas le même nom et ne pouvait donc prétendre à perpétuer la lignée[54]. Ta-Fang en conçut alors une haine féroce envers lui.

À chaque nouvelle et pleine lune et aux anniversaires de la mort de Ta-Tao, Shun-E conviait un bonze du monastère du Trésor du Dragon à venir à sa résidence pour réciter des soutras, et lui faisait par politesse un brin de conversation. Le bonze, malgré son nom religieux de Yi-Ch'ing, *Pureté*, en vint à croire que la veuve avait en fait d'inavouables desseins sur lui et n'eut plus dès lors en tête que l'idée de se livrer de concert avec elle à quelques agissements coupables. Un jour qu'elle avait une fois de plus envoyé un messager au temple pour demander qu'on vienne prier pour la libération de l'âme de son mari, Yi-Ch'ing ordonna à l'homme de s'en retourner avec une hotte chargée de soutras. Il le suivit à distance et,

---

[54] Ce qui est un argument de mauvaise foi selon la tradition chinoise, qui permet justement ce type d'adoption. Voir la note 25.

arrivé devant la résidence des Chang, vérifia que personne ne traînait à l'extérieur avant de se glisser dans la chambre de Shun-E. Il lui glissa alors à voix basse :

« Madame convoque si souvent le petit moine que je suis... ne serait-ce pas qu'elle éprouve quelque tendresse envers moi ? Je prie aujourd'hui votre immense bonté de m'accorder le gîte ! »

Shun-E craignait d'être frappée de déshonneur si la concubine s'apercevait qu'un homme était chez elle. Aussi répondit-elle également en baissant le ton :

« Je ne vous ai jamais rien demandé d'autre que de lire les soutras, comment pouvez-vous suggérer que j'aie d'autres intentions ? Fichez-moi le camp d'ici !

— Mais Madame n'a plus d'époux, et je suis sans femme, rétorqua le bonze. Vous accompliriez une bonne action et joindriez l'utile à l'agréable !

— Je vous croyais quelqu'un d'estimable, mais vous vous permettez bien au contraire de proférer de telles insanités ! Je vais demander à mon beau-frère de vous châtier de ce pas !

— Si tu résistes encore, sache que j'ai un couteau sur moi !

— Vous parlez de me tuer maintenant ? Quel genre de créature pensez-vous que je sois, pour oser me parler avec tant d'impudence ? »

Mais comme elle se dirigeait vers la porte pour se retirer, Yi-Ch'ing la frappa à mort de son arme et lui trancha le cou sur une subite impulsion. Il trouva un tissu épais dans la chambre et en enveloppa sa tête qu'il dissimula ensuite entre ses soutras. Puis il ressortit discrètement de la résidence et appela : « Madame Ch'en ! »

Personne ne répondait, et pour cause.

Après deux ou trois autres appels infructueux, c'est la concubine qui se présenta et lui dit qu'elle allait chercher Shun-E elle-même. Orchidée rentra donc dans la chambre et, à la vue de la macabre dépouille et du sang encore frais qui s'était répandu sur tout le sol, ressortit précipitamment en hurlant :

« Au meurtre ! Au meurtre ! C'est atroce ! Madame a été assassinée ! »

Alertés par les cris, Ta-Te et sa femme qui vivaient juste à côté arrivèrent en courant et constatèrent les faits. Ils découvrirent avec horreur que la tête manquait au cadavre. Ils la cherchèrent dans tous les coins et virent bien la hotte de soutras qui attendait dans une des pièces, mais nul ne songea à fouiller dans les textes sacrés : la cachette eut été trop évidente !

Puis Ta-Te renvoya Yi-Ch'ing qui se tenait tout seul à l'extérieur en lui disant qu'il n'y aurait pas de lecture des soutras ce soir-là. Yi-Ch'ing prit le fardeau à l'épaule et rentra au temple où il enterra la tête derrière la Salle du Triple Joyau[55]. De son côté, Orchidée envoya quérir Ta-Fang, le frère de la belle décédée. Celui-ci, comme bien d'autres, soupçonnait Ta-Te d'avoir causé la mort de sa belle-sœur qui avait repoussé ses avances ; il se rendit au siège du censeur-inspecteur du circuit[56], qui n'était autre à cette époque que le juge Pao, pour déposer plainte.

---

[55] 三宝, pinyin *sānbǎo*, « Triple Joyau », représente dans un contexte bouddhique la réunion du Bouddha, du Dharma (la Loi) et du Sangha (la communauté).

[56] 路 *lù*, « circuit » : nom donné sous les Song aux divisions administratives de niveau provincial.

L'excès de piété filiale nuit gravement à la santé

LE JUGE PAO DONNA ALORS pour instructions à la Préfecture de se saisir du dossier. Le magistrat local convoqua donc les protagonistes pour interrogatoire. Il s'enquit d'abord auprès du plaignant :

« Comment Mme Ch'en a-t-elle été tuée ?

— En plein jour, après le petit-déjeuner, répondit Ch'en Ta-Fang. A-t-on vu déjà des bandits assassiner les gens au grand jour ? Seul Ta-Te, le beau-frère de ma sœur, dont la résidence communiquait avec la sienne, a pu commettre ce crime. Et non seulement il l'a assassinée, mais en plus, par haine pure, il l'a décapitée et a emporté la tête ! Si le criminel était venu de l'extérieur, comment personne ne l'aurait-il aperçu ?

— Mme Chen disposait-elle de domestiques à résidence ?

— Ma sœur aînée serait morte pour préserver sa chasteté ! Pour ne pas donner prise à de quelconques soupçons, elle n'employait aucun domestique mâle. Il n'y avait chez elle que la concubine Miao-Lan qu'avait acquise feu son époux. Mais si c'était celle-ci qui avait commis le meurtre, comment aurait-elle pu faire disparaître la tête ? »

Le magistrat estimait que le discours et les arguments de Ta-Fang étaient plutôt convaincants. Aussi fit-il comparaître Ta-Te de force pour lui extorquer des aveux. Mais rien n'y fit : le suspect refusait de reconnaître le crime. Le mandarin rendit alors compte au juge Pao qui renvoya l'ordre de faire rechercher la tête de la victime. Mais le magistrat en charge était cruel autant qu'incapable. Il fit torturer Ta-Te et lui hurla à la figure :

« Tu n'as qu'à nous dire où retrouver la tête pour pouvoir l'enterrer avec le reste du corps, et je rédigerai un rapport pour te faire libérer ! »

*

Ainsi, plus d'une année s'écoula ; la famille de Ta-Te était toujours aussi démunie. Jour après jour, sa femme et sa fille devaient se livrer à des travaux de couture et de broderie, mais cela ne suffisait pas pour survivre et elles devaient supplier parents et voisins de leur venir en aide. Yü-Chi allait chaque jour porter une maigre pitance à son père dans sa cellule, puisqu'il n'y avait aucun domestique pour ce faire. Un beau jour, les larmes aux yeux, elle lui demanda :

« Quand donc sortirez-vous de prison, Père ?

— Le mandarin a dit qu'il me libérerait quand je lui dévoilerai la cachette de la tête de Mme Ch'en ! »

De retour chez elle, Yü-Chi dit à sa mère :

« Le mandarin relâchera Père si la tête de ma tante est retrouvée. Mais une année est passée depuis le meurtre et aucun indice ne s'est fait jour, que pouvons-nous y faire ? Je crains que mon père en prison n'éprouve trop de souffrances et de tourments. Quant à nous deux, Mère, la vie que nous menons aujourd'hui en vaut-elle vraiment la peine ? Je vous suggère de venir me couper la tête pendant mon sommeil et de la faire passer pour celle de Tante Shun-E afin de la confier au mandarin ; ainsi tout se résoudra ! »

À quoi Huang Hui-Niang répliqua :

« Mon enfant, crois-tu donc que cela soit un jeu ? Tu as aujourd'hui seize ans et tu es une femme accomplie. Je comptais te donner en mariage à une riche famille, soit comme épouse, soit comme concubine. Cela nous rapportera bien quelques lingots d'argent et me permettra de vivre. Qu'en penses-tu ?

— Mais dans ce cas Père continuera à moisir en cellule, et vous resterez seule ici à souffrir de la faim dès que cette maigre somme sera épuisée : il n'y en aura pas d'autre derrière ! Tandis que moi, j'aurai une vie facile en ayant intégré un foyer aisé. Il n'est pas question que je l'accepte ! Et puis personne dans ma nouvelle famille n'admettrait que j'aille mourir à la place de mon père. En revanche, si je meurs pour que Père revienne et que vous puissiez vivre dignement, ce sera une vie sacrifiée, mais deux de sauvées. Si par ailleurs nous ne faisons pas tout pour secourir Père, et qu'il rende l'âme en prison, vous et moi resterons dans la même misère et finirons par mourir de faim dans notre propre maison ! Ma décision est prise : si vous n'acceptez pas de me tuer vous-même, j'irai me pendre ; et j'espère qu'alors vous aurez le courage de faire passer ma tête pour celle de ma tante et ainsi faire libérer votre époux. Ma mort n'aura pas à être regrettée.

— Ma fille, tu prétends te sacrifier pour sauver ton père, et si c'était bien le cas je pourrais l'accepter. Mais ce n'est pas mon mari qui a tué ta tante, et un jour la justice du Ciel le comprendra. Il nous faut prendre notre mal en patience. Je ne veux plus t'entendre parler de cette idée sinistre ! »

Et pendant quelques jours, Mme Huang resta auprès de sa fille pour s'assurer que celle-ci ne mettait pas son funeste projet à exécution.

Yü-Chi finit par la tancer vertement :

« Mère, je promets de vous obéir, il n'est plus nécessaire d'être sur mon dos toute la journée ! »

Huang Hui-Niang relâcha alors sa surveillance... et Yü-Chi s'empressa de se tuer par strangulation comme elle l'avait souhaité. Sa mère éplorée décrocha le cadavre et l'embrassa en pleurant pendant un jour entier. Le soir venu elle prit un couteau et s'approcha du corps pour en trancher le cou. Plusieurs fois pourtant son bras retomba, elle ne pouvait se lancer. Finalement elle pensa : *si je ne me résous pas à cet horrible acte, Ta-Te mourra en prison. La mort de Yü-Chi aura été vaine, elle ne pourra ni accéder à l'autre monde ni reposer en paix.*

Alors elle alluma un bâtonnet d'encens et se mit à la tâche. Mais l'horreur de son acte la remplissait de terreur, elle était secouée de haut-le-cœur et sa main tremblait à tel point qu'elle ne parvenait à scier ni les chairs ni les os. Finalement elle dut s'équiper d'un hachoir et l'abattre plusieurs fois avant de pouvoir séparer la tête du corps. À peine avait-elle soulevé le sanglant trophée qu'elle s'effondra, évanouie. Quand elle se réveilla, elle se dépouilla de ses propres habits pour en envelopper la tête de sa fille. Le lendemain, à peine remise, elle se rendit à la prison et confia le paquet à son mari. Ta-Te lui demanda comment elle avait pu se procurer la tête de Ch'en Shun-E. Elle répondit qu'un inconnu était venu dans la nuit la lui apporter ; peut-être quelqu'un avait-il eu pitié des souffrances qu'il éprouvait, ainsi emprisonné à tort depuis plus d'un an ? Ta-Te remit alors le paquet au mandarin qui se réjouit fort de cette avancée : cela confirmait que c'était bien Ta-Te le meurtrier. Il s'empressa alors de rendre son verdict et de le transmettre à l'autorité supérieure, accompagné du coupable désigné et de la pièce à conviction : Ta-Te devait être condamné à mort.

Mais le censeur Pao s'aperçut tout de suite que la tête qu'on lui présentait comme preuve était en fait fraîchement décollée. Il s'adressa à Ta-Te, plein de courroux :

« Toi qui es déjà coupable d'un crime qui mérite la mort, as-tu aujourd'hui commis un nouveau meurtre pour pouvoir me présenter cette tête-ci ? Ch'en Shun-E est morte depuis plus d'un an, ses restes devraient être décomposés et puants, or cette tête n'a été séparée de son corps que très récemment ! »

Ta-Te ne put faire autrement que d'incriminer sa femme. Pao soumit Hui-Niang à la torture ; mais chaque fois qu'elle voulait parler, elle était déchirée par une nouvelle et terrible crise de pleurs et de sanglots qui l'en empêchaient. Le juge était intrigué ; il fit convoquer la plus proche parente et voisine de la suspecte, qui n'était autre qu'Orchidée, la concubine de feu le frère cadet. Celle-ci était au courant du suicide et de la substitution des têtes, et raconta en détail comment Yü-Chi avait forcé la main de sa mère pour tenter de sauver son père. À ces mots, Hui-Niang repartit en hurlements, accompagnée cette fois de Ta-Te. Le juge examina la tête de plus près : il n'y avait pas de traces d'éclaboussures de sang autour de l'affreuse cicatrice. Cela signifiait que l'étêtage avait bien eu lieu après la mort.

« Dans une famille où la fille fait preuve d'un tel degré de piété filiale, comment le père pourrait-il être un meurtrier ? soupira alors le juge. Puis, en s'adressant à Orchidée : en ce jour fatidique qui a vu la mort de Ch'en Shun-E, quelqu'un était-il venu vous rendre visite ?

— Après le petit-déjeuner un bonze est venu pour lire des soutras. Il criait de l'extérieur, je suis sortie pour voir ce qu'il en était, mais Madame était déjà morte et sa tête avait disparu. »

Le juge remit Ta-Te en cellule sous un régime adouci et ordonna à Mme Huang de se rendre souvent au temple pour y prier. Si d'aventure un moine se mettait à flirter, alors elle pourrait faire allusion à la tête.

Macabre badinage

HUANG HUI-NIANG rentra chez elle. Suivant les instructions du juge elle allait régulièrement au temple du Trésor du Dragon. Soit elle y usait des fiches divinatoires ou des deux écailles[57], soit elle s'y abîmait en prières et faisait des vœux en versant toutes les larmes de son corps. Un jour Yi-Ch'ing la retint pour déjeuner et lui dit sur un ton taquin :

« Pourquoi donc tant de douleur de n'avoir plus de mari ? Il suffit d'en épouser un autre et de vous faire un peu de bien !

— Mais ai-je vraiment le choix ? répondit-elle. Personne n'épouse la femme d'un condamné !

---

[57] Deux méthodes de divination populaires : les fiches divinatoires 签儿 (*qiānr*) sont de petites lamelles de bambou portant une inscription ou un numéro ; en secouant un pot, on obtient une fiche qui se réfère à un papier sur lequel est inscrit la prédiction. Les écailles sont décrites dans la note 29.

— En vérité vous n'avez pas vraiment besoin de vous remarier, reprit l'autre. Si vous acceptiez de passer quelques bons moments avec moi, je pourrais en retour subvenir à vos besoins ! »

Huang Hui-Niang lui dit alors avec un sourire en coin :

« Je vous remercie de votre proposition, mais je ne suis pas libre de vous suivre. Avec l'aide du Bouddha, je retrouverai la tête de ma belle-sœur et la remettrai au magistrat. »

Yi-Ch'ing la prit par la main pour l'attirer à lui :

« Cela tombe bien, je dispose d'excellentes capacités d'intercession envers le Bouddha. Si seulement vous vouliez bien me faire une petite faveur... Demain j'organiserai une cérémonie pour vous, c'est bien le diable si nous n'obtenons pas quelque réponse à propos de cette tête ! »

Affectant une petite moue mi-indignée, mi-consentante, Mme Huang fit mine de promettre :

« Pourquoi ne pas aller brûler un peu d'encens aujourd'hui même ? Et comme ça, dès demain, toi et moi... si tu arrives à découvrir cette damnée tête, je jure de rester ta maîtresse jusqu'à la mort ! »

Yi-Ch'ing sentait le désir lui brûler les entrailles. Il embrassa Huang Hui-Niang et voulut la culbuter sur-le-champ. Mais elle se débattit :

« Tu n'es qu'un beau parleur, je ne te fais pas confiance. Si tu es vraiment capable par tes rituels de retrouver cette tête, tu peux aussi attendre demain pour assouvir tes envies. Et si ce n'est pas le cas, pourquoi voudrais-tu que je t'accorde mes faveurs ?

— Allez, un bon geste ! Pour l'instant je n'ai pas la tête que tu cherches, mais si tu veux je t'en offre une

autre tout à l'heure ! protesta Yi-Ch'ing qui à cet instant ne pouvait plus se contenir.

— Bas les pattes ! Tu ne penses qu'à toi. Si je
passe entre tes mains, qui me dit que demain tu ne
m'apporteras pas une tête de moine à la place ? J'ai
trop peur que tu cherches à me berner.

— Tu crois t'en tirer comme cela ? Il y a quelque
temps, une bonne femme est venue au temple et a
refusé de passer à la casserole. »

Yi-Ch'ing se faisait menaçant, il n'avait plus
d'autre choix pour parvenir à ses fins :

« Alors je l'ai tuée et j'ai enterré sa tête derrière la
Salle du Triple Joyau. Si tu continues sur cette voie,
tu vas vite la rejoindre. Si tu cèdes, je te refile sa
tête. »

— Ce sont des bobards pour me faire peur !
Montre-moi d'abord cette tête, et après on s'y met. »

Yi-Ch'ing l'emmena derrière le bâtiment pour lui
montrer les restes enterrés là depuis plus d'un an.
Huang Hui-Niang remarqua :

« Dis donc, tu es plutôt féroce pour un type rentré
dans les ordres ! »

Yi-Ch'ing tenta immédiatement de reprendre le
cours des choses là où elles avaient été laissées. Mais
Huang Hui-Niang le repoussa encore une fois :

« Tout à l'heure je badinais histoire de me mettre
en condition, je me sentais vraiment d'humeur
coquine. Mais la vue cet horrible crâne m'a flanqué
de sacrées chocottes et je n'ai plus la tête à ça (si j'ose
dire). Remettons à demain, tu veux bien ?

— J'en ai moi-même encore la chair de poule,
avoua le bonze ; après tout, c'était lui qui avait tué
cette femme. Reviens demain sans faute ! reprit-il.

— Je ne reviendrai sûrement pas à cet horrible endroit, mais rien n'empêche que toi, tu viennes chez moi, répondit-elle. Je me donnerai à toi, tu n'auras qu'à m'apporter cette affreuse chose. »

Huang Hui-Niang s'empressa alors de rentrer chez elle et rendit compte. Plusieurs gardes se rendirent droit à la Salle du Triple Joyau et déterrèrent la tête. On mit les fers au moine Yi-Ch'ing et on l'escorta jusqu'au juge Pao. À peine le premier supplice avait-il débuté que le bonze avouait tout de long en large. Il fut condamné à être décapité.

Le juge Pao ordonna au magistrat du district d'ériger un portique commémoratif en l'honneur de Madame Ch'en et de Chang Yü-Chi. Il fit don en personne de deux inscriptions gravées sur des panneaux de bois. La première, en quatre caractères, se lisait « Chasteté parfaite, jusqu'au sacrifice » ; l'autre n'avait que deux caractères : « Repose ici ». Puis il fit démolir la résidence de Chang Ta-Tao et ériger à la place un temple dédié à la vertu et à la piété filiale ; le revenu des terres agricoles de la famille fut divisé en deux parties : la moitié irait à l'entretien du temple et paierait pour quatre sacrifices par an, à chaque saison. Le reste fut attribué à la famille de Ta-Te.

IIIᵉ partie :

À LA CAPITALE & JUGE DES ENFERS

I

L'affaire du butin envolé

Bien mal acquis, ne profite jamais,
du moins quand le juge Pao s'en mêle.

**Un superbe exemple d'arche commémorative
(Photo du traducteur, province de l'Anhui)**

À UNE QUINZAINE DE *LI* de la ville de Cheng-Chou se trouvait le village de la famille Wang où vivaient deux frères qui quittaient souvent leur domicile pour se livrer à des trafics à la petite semaine. Arrivés un jour au lieu-dit de l'Arche du cinquième *li* dans la même préfecture[58], ils y rencontrèrent un autre voyageur.

L'homme, originaire du Hu-Nan, s'appelait Cheng Ts'ai et transportait de façon pas trop discrète une petite fortune en lingots d'argent[59]. Les frères Wang le suivirent à la trace et, le soir venu, le trucidèrent

---

[58] « L'Arche » désigne probablement un 牌楼 *páilou*, c'est à dire une arche ou portique commémoratif.

[59] Il s'agit des petits lingots d'argent, souvent en forme de bateau, pesant chacun un taël (两 *liǎng*) ou un peu moins de 40 g. Sous les Song ils valaient environ 2000 pièces de cuivre.

par surprise pour s'emparer de ses dix livres de métal précieux. Ils enterrèrent le cadavre sous un pin. Puis les assassins conférèrent : non seulement était-il malaisé de transporter ce poids, mais encore la bourse était-elle trop visible et la même mortelle mésaventure risquait de leur arriver ! Aussi résolurent-ils d'enfouir l'argent sous l'arche. Ils le récupéreraient à leur retour et se partageraient alors la somme.

Cette fois, ce ne fut qu'au bout de six années d'errance que les deux frères s'en revinrent dans leur pays natal. Ils se rendirent aussitôt à l'auberge de la famille Li située près de l'arche. Très tôt le lendemain, ils allèrent creuser sous le portique ; mais il s'avéra impossible de retrouver le trésor, qui avait tout bonnement disparu. Et les deux frères de s'interroger : personne ne nous a vus enterrer les lingots, comment ont-ils pu s'envoler ?

Leur frustration était telle qu'ils ne virent d'autre solution que de se rendre à la capitale orientale pour déposer plainte auprès du juge Pao, dont ils savaient que les pouvoirs de déduction étaient quasi-divins. Le juge, cependant, lut leur déposition et, de prime abord, refusa de recevoir la plainte : il songeait que ces deux-là étaient bien naïfs d'avoir laissé pour six ans un tel trésor au lieu-dit de l'Arche du cinquième *li*, réputé pour être un repaire de brigands. Mais les frères Wang se répandirent en un tel concert de plaintes et de lamentations, refusant de se retirer, que le juge Pao ne s'en débarrassa qu'en déclarant :

« D'ici un mois sans faute, je vous tiendrai informés de quoi il retourne. »

Rassurés, les deux gredins rentrèrent chez eux. À la fin du mois, n'ayant rien vu venir, le frère aîné

revint en ville pour s'enquérir du cours de l'affaire...
Le juge convoqua alors son adjoint Ch'en Ch'ing et
lui ordonna :

« Demain je t'envoie sur les traces de meurtriers.
Aujourd'hui je t'octroie une bouteille d'alcool ;
prends cette ligature de sapèques qui te suffira pour
l'enquête. Tu passeras au secrétariat percevoir un
sauf-conduit avant de partir. »

Ch'en Ch'ing remercia profusément et rentra chez
lui, mettant la soirée à profit pour vider sa bouteille.
Le lendemain il se rendit au tribunal et toucha son
titre de mission : celui-ci indiquait qu'il devait se
rendre à la préfecture de Cheng-Chou pour y « investiguer l'Arche du cinquième *li* » ! Alors il soumit une
requête à son supérieur :

« Seigneur, s'il s'agissait d'arrêter un homme, j'irais
de ce pas. Mais cette arche ne peut pas se déplacer,
elle ne peut pas s'exprimer, que dois-je aller faire là-
bas ? Je Vous prie d'envoyer quelqu'un de plus perspicace que moi.

— Tu dépasses les bornes à te permettre ainsi de
décliner une mission officielle ! » s'emporta le juge.

Ch'en Ch'ing dut s'exécuter tout incontinent et arriva bientôt à l'auberge des Li. La nuit venue, il alla
s'asseoir sous le portique mais n'y vit âme qui vive.
Désespérant de comprendre la raison de sa présence,
il alla acheter de l'encens et revint à l'arche le soir
d'après. Il alluma l'encens pour sacrifier à l'esprit de
l'arche[60] et frappa le sol de son front en demandant :

---

[60] Le 土地 *tŭdì* est l'esprit tutélaire d'un village ou d'un endroit
particulier. C'est une divinité de la religion populaire,
d'inspiration taoïste, du niveau d'un fonctionnaire subalterne
dans la hiérarchie céleste.

« J'ai respectueusement suivi l'ordre de venir à l'Arche du cinquième *li*, sur la demande de MM. Wang qui voulaient retrouver leurs dix livres d'argent. Mais que suis-je censé faire pour y parvenir ? Ô Dieux, je vous implore de m'indiquer la voie ! »

Puis il s'allongea sur le sol pour y dormir. Aux alentours de la deuxième veille, il vit en rêve un vieillard qui s'avançait vers lui, se désignant comme l'esprit tutélaire de l'arche. L'esprit dit :

« Les frères Wang ont enfreint la justice du Ciel, comment auraient-ils eu de l'argent à déposer ici ? Un nommé Cheng Ts'ai venu du Hu-Nan a été lâchement assassiné par les Wang qu'il avait croisés en chemin. Son cadavre est enterré sous un pin, et j'ai déplacé le trésor. Tu dois aller dire au juge de lui faire rendre justice ! »

Puis l'apparition s'évanouit. Ch'en Ch'ing se réveilla en sursaut : l'affaire lui était claire désormais. Le matin venu, il emprunta une houe à l'aubergiste et creusa sous le pin : à côté des ossements de Cheng Ts'ai se trouvaient bien disposées les dix livres d'argent ! Ch'en Ch'ing rapporta le squelette, le trésor et toute l'histoire à son supérieur. Le juge convoqua les frères Wang pour interrogatoire, mais les deux gredins endurcis ne voulurent rien avouer. Alors le juge fit déposer ossements et argent au milieu de la salle du tribunal ; semblant venir de nulle part, une voix d'outre-tombe retentit :

« Les frères Wang doivent me payer pour ma vie ! »

Tous les employés du tribunal blêmirent ; et que dire quand le squelette se releva de lui-même ! Le juge pressa les deux frères qui, terrorisés, finirent par se confesser. Les minutes du procès furent vite établies : elles relatèrent comment les frères Wang, par cupidité, avaient prémédité et commis le meurtre. Ils furent escortés jusqu'au terrain d'exécution et décapités. La victime, Cheng Ts'ai, n'avait pas de parents. Un emplacement fut acquis pour son enterrement et l'argent restant revint à l'État.

Telle fut l'étonnante histoire du Dieu du Sol déménageur !

2

Le serpent du vieux temple

Où...

Le juge Pao fait œuvre de salubrité publique,
aidé d'une armée de soldats célestes ;

La vertu d'un magistrat
ne manque pas de surprendre ses administrés,
témoignant de la rareté du phénomène[61].

LA LÉGENDE CONTE que quelque part, dans les régions les plus sauvages et reculées de la vaste préfecture de Yüeh, se trouvait un vieux temple étrangement situé, orienté vers la montagne et tournant le dos à la rivière[62]. Entouré de rapides cours

---

[61] L'intérêt de cette nouvelle, qui est plus un récit fantastique qu'une enquête policière, réside aussi beaucoup dans son dernier tiers qui est un exposé très complet des tâches et missions des magistrats de districts, de la façon dont certains peuvent en abuser (ou laisser leurs subordonnés le faire pour eux...) et comment d'autres assument au contraire avec brio leurs responsabilités.

[62] Donc faisant fi de toutes les recommandations de la géomancie chinoise, le *fengshui*...

d'eau et de traîtres marécages, surmonté d'abrupts pics, le temple était envahi par l'herbe et les roseaux. Au-delà, dans toutes les directions, s'étendaient à perte de vue de profondes forêts dont les arbres innombrables caressaient les nuages et cachaient le soleil.

Un serpent géant vivait dans les ruines, ayant élu demeure au creux du tronc d'un arbre mort et vermoulu. Il faisait plus de dix toises de long et son corps avait l'épaisseur d'une barrique. Sa langue était coupante comme la lame d'un sabre, ses yeux avaient la taille et l'aspect d'une cloche de bronze… L'animal monstrueux était anthropophage ; les habitants de la région vivaient dans la crainte et tous devaient le servir. Les rares voyageurs devaient lui offrir en sacrifice une pièce de bétail pour obtenir droit de passage. Faute de quoi la tempête se levait et brumes et nuages s'abattaient sur leur chemin au point qu'ils ne distinguaient plus rien à un pas... et pour finir ils étaient victimes de mystérieuses disparitions. La situation perdurait ainsi depuis des années.

*

Quand le magistrat Cheng Tsung-K'ung [63] fut nommé au poste de préfet dans la région, quelques lettrés venus de Yüeh vinrent lui rendre visite à la capitale avant son départ, se prosternant et frappant le sol de leur front. Le préfet dit poliment :

« Merci à tous d'être venus jusqu'ici malgré le désagrément que cela vous cause !

---

[63] Le prénom 宗孔 *Zōngkǒng* signifie « qui vénère Confucius », et est donc particulièrement adapté pour un mandarin vertueux...

— Nous souhaitons certes vous féliciter de votre promotion, répondit l'un d'eux. Mais nous nous devons aussi d'informer Votre Seigneurie de la situation extraordinaire qui règne dans nos contrées. »

Il décrivit alors par le menu le serpent monstrueux et les sacrifices qu'il exigeait, les tempêtes surnaturelles, la terreur qui régnait autour du vieux temple.

« Allons donc ! dit le préfet en éclatant de rire. Calembredaines que cela ! »

Quelques jours plus tard, alors qu'il arrivait dans la région, il s'abstint évidemment de se livrer à un quelconque sacrifice en passant dans le voisinage du temple. Mais il n'avait pas parcouru un *li* de plus qu'un vent féroce se leva, soulevant sable et graviers. Nuages mystérieux, sombre brouillard ! Quand ces terrifiantes manifestations se furent dissipées, il se retourna et vit venir à lui une armée entière, composée de milliers de chars et de dizaines de milliers de cavaliers ! Il crut que sa mort était proche. Mais à l'époque où il avait échoué à sa première tentative de passer les concours mandarinaux, il avait appris par cœur le « Classique du Principe de Jade »[64]. Dans ces circonstances dramatiques, il se le remémora et il continua sa route malgré l'imminence du péril, sans cesser de chantonner. Bientôt, les brumes furent balayées par le vent, la terre s'ouvrit et les troupes infernales à ses trousses s'y engloutirent comme par

---

[64] Il s'agit d'un des textes magico-religieux du Canon Taoïste, à réciter (entre autres) au cours de manifestations climatiques extrêmes. La raison pour laquelle le lettré Cheng a cru bon d'apprendre ce texte (bien entendu absolument pas inscrit au programme des concours confucéens) après un échec académique reste mystérieuse...

enchantement. Sain et sauf, il atteignit le siège de la préfecture. Il rassembla les mandarins de district sous sa juridiction et les employés de l'administration préfectorale et leur narra sa mésaventure :

« Je reconnais que le serpent géant caché dans le vieux temple est une créature démoniaque et qu'elle a dévoré nombre de mes administrés. Plusieurs de mes nouveaux subordonnés civils et militaires se sont déplacés jusqu'à K'ai-Fong pour m'exposer le problème, mais j'étais très sceptique.

« Ma tournée m'a conduit dans le voisinage du temple et j'ai été moi-même témoin et victime de tous les phénomènes surnaturels qui m'avaient été décrits. À vous tous, sages conseillers qui êtes présents depuis longtemps dans la région, je souhaite vous demander : comment pensez-vous qu'il soit possible de venir à bout de cette engeance qui empêche la population de vivre en paix ? Nous devons, pour le bien du service de l'État, soulager le peuple de ses souffrances. Je sais que vous partagez avec moi ces préoccupations. »

Mais chacun des présents répondit peu ou prou :

« Vos humbles serviteurs ne sont que de modestes magistrats de bas niveau, notre vertu est médiocre et notre expérience limitée, comment saurions-nous que faire pour éliminer ce monstre ? Nous nous réjouissons que Votre Excellence ait désormais la charge des affaires judiciaires et du maintien de la paix publique ; vous avez eu le courage de braver les pires dangers, d'affronter les éléments déchaînés, vous avez calmé la tempête et éteint l'incendie. Aussi vous faisons-nous confiance, même pour faire face à ce démon : même dans les circonstances les plus mystérieuses, votre vertu n'a décidément rien à envier à celle d'un Liu K'un[65] ! »

Et tous s'inclinèrent un à un et prirent congé.

*

Le lendemain le préfet Cheng Tsung-K'ung arriva en salle d'audience du *yamen* et décréta que tous les habitants de la ville, hommes et femmes, enfants et vieillards, devaient entamer une période de jeûne. Trois jours de suite, ils durent procéder à des ablutions rituelles et brûler de l'encens pour rendre hommage au Dieu des douves et des murailles. Le préfet en personne se rendit devant l'autel pour y prier. Le Dieu des murailles savait que Tsung-K'ung avait été toute sa vie honnête et vertueux. Quand il le vit mener ainsi la population de la ville pour un hommage sincère et un jeûne purificateur, il en conçut la plus grande admiration pour sa piété. Il décida donc d'aller immédiatement rendre compte à ses supérieurs divins de la situation et des déprédations commises par le serpent géant, contre lequel ses propres pouvoirs s'étaient avérés impuissants.

L'Empereur de Jade, dans sa résidence du Neuvième Firmament, eut ainsi vent de la récitation du « Classique du Principe de Jade » par Tsung-K'ung. Ni une ni deux, il dépêcha vers la préfecture de Yüeh une cohorte de soldats célestes commandés par le Dieu des Cinq Tonnerres, avec pour mission

---

[65] 刘琨 *Liú Kūn* (270-318) : général et homme d'état de la dynastie Jin de l'Est. Célèbre pour avoir rebâti la ville de Taiyuan détruite et désertée après des années de combat et pour l'avoir défendue dix ans contre les attaques barbares.

d'éradiquer l'abomination qui hantait le vieux temple. Il ordonna de même :

« Puisque le juge Pao a un rang élevé aussi bien dans la hiérarchie des Enfers que dans la fonction publique, il est en mesure de vous aider à vaincre cette créature. »

La troupe divine monta à cheval, lances brandies, tandis que le Dieu des Cinq Tonnerres s'élançait flamme au poing et hache au côté. L'instant d'après, ils pénétraient la conscience du juge Pao qui dut grimper sur son Lit d'Ombre[66] pour accompagner l'armée céleste. Ensemble, ils se rendirent à Yüeh pour livrer combat contre la bête monstrueuse.

Et ce fut :

Cieux obscurs, terre ténébreuse !
Pluies torrentielles, brusques déluges !
Vents féroces et tonnerre grondant !
Éclairs ! Feux et flammes ! Foudre et fulgurations !

Les habitants de toute la préfecture, muets de terreur, couraient en tous sens sans savoir où se terrer. Mais le courroux des dieux ne dura qu'un instant et se termina par un gigantesque craquement, comme un ultime coup de tonnerre, le plus brutal, qui fit trembler la terre. Immédiatement, le ciel se dégagea ; tous se sentirent enfin libérés de leur peur séculaire et, recouvrant la parole, se mirent à jacasser et pépier à l'envie. Ils avaient compris que la vertu du magistrat

---

[66] Le Lit d'Ombre (阴床 *yīn chuáng*), ou Plate-forme des Ombres, est l'instrument permettant au juge d'intervenir au Royaume des Ombres (les Enfers) ou de communiquer avec les Dieux. Il apparaît dans trois récits de ce recueil.

Cheng leur avait valu d'être enfin secourus par les puissances célestes. Certains trouvèrent même le courage de se rendre au temple pour constater sur place que la bête avait été bel et bien tranchée en deux, et ses ossements extraits et rassemblés en tas. On en informa le préfet qui se rendit au temple à la tête de ses subordonnés en procession, lesquels prirent acte du fait que plus rien ne justifiait la terreur qu'ils avaient si longtemps éprouvée. Cheng Tsung-K'ung ordonna que les restes du serpent soient brûlés sur un immense bûcher qui flamba tout un jour et toute une nuit avant que l'abomination ne soit enfin réduite en cendres.

Alors de partout dans la Préfecture de Yüeh s'élevèrent les louanges :

« Sans la sincérité et la vertu du Seigneur Cheng, sans son intercession avec le Ciel, qui eût pu comme lui émouvoir les puissances divines, qui donc nous aurait apporté la victoire ? »

*

Quand son supérieur hiérarchique apprit que Tsung-K'ung avait bénéficié de l'aide divine grâce à ses qualités et à l'étendue de la compassion dont il faisait preuve envers le peuple, il lui attribua louanges et récompenses destinées à le mettre en valeur. En conséquence, moins d'un an plus tard, le magistrat fut nommé Préfet de Chi-Nan, localité bien plus importante et donc poste plus prestigieux.

Mais les anciens et les notables de Yüeh, soutenus par les gens du commun, ne supportaient pas l'idée de le voir partir. Ils profitèrent du passage du juge Pao dans une de ses tournées d'inspection ordonnées par la Cour pour se présenter à lui en masse et lui soumettre leur requête :

> « Par la présente nous souhaitons exposer les hauts faits d'un fonctionnaire méritant, soucieux de la quiétude des Têtes Noires[67] et de la sécurité des territoires sous sa juridiction.
>
> « Notre préfecture reculée, aux confins de trois provinces[68], est plus pauvre que Hsiu-Ning[69] et rapporte encore moins de taxes au Trésor impérial. Les garnisons y sont même plus rares que dans le Sud-est[70].
>
> « Par bonheur le Préfet Cheng nous a été affecté. Père et mère du peuple, il est affable et compatissant et se consacre de toute son âme au bien-être

---

[67] 黔首 *Qiánshǒu* ou « Têtes noires » : l'une des appellations par lesquelles le peuple chinois Han se désigne. Elle remonterait à la dynastie Qin (IIIe siècle av. J-C.) ; une hypothèse est que le petit peuple devait se couvrir la tête d'une étoffe noire.

[68] Historiquement, les régions situées à l'intersection de deux ou trois provinces sont souvent des zones de non-droit, propices à la négligence de la part des autorités provinciales (aucune ne souhaitant prendre en charge les problèmes transfrontaliers) et à l'éclosion du brigandage comme des rébellions. C'était par exemple le cas de la région des Monts Jingang 金刚山, où Mao Zedong créa sa première base de guérilla après l'échec de la révolte des Moissons d'Automne (1927).

[69] 休宁 *Xiūníng*, préfecture de la province de l'Anhui, considérée comme l'une des plus pauvres de Chine (traditionnellement source d'exode rural, la province fournit encore aujourd'hui une bonne partie des employés domestiques des riches citadins).

[70] Le Sud-est était en effet peu militarisé : à l'époque de la dynastie Song du Nord sous laquelle vécut le véritable juge Pao, c'était la région la plus sûre car la plus éloignée des frontières septentrionales, lesquelles étaient sous la menace perpétuelle des « barbares » Khitan (empire Liao) ou Tangut (empire Xia de l'Ouest).

de ses administrés. Dès son arrivée dans la région, il a éliminé la créature démoniaque qui y sévissait depuis toujours. Par la suite il s'est évertué à soulager les souffrances du petit peuple. Ainsi, lors du recensement agricole il a constaté que la disette régnait ; il s'est imposé les mêmes privations, et dans le même temps a fait réparer les greniers à grains publics et a procédé à la distribution de subsides en nature aux familles démunies pour éviter qu'enfants et vieillards ne meurent de faim.

« La perception des impôts a été mieux organisée. Le bétail est exempté de taxe s'il est gardé dans un enclos ; le sel est justement collecté et distribué, les fraudes à la gabelle n'ont plus de raison d'être ! Aucune dîme n'est plus prélevée sur le petit commerce. Tout le monde a approuvé ces réformes. Sa gestion est minutieuse et nulle part aujourd'hui n'existe d'administration plus efficace que la sienne.

« Les gardes et les sbires du *yamen* ont amélioré leur conduite et les clercs de l'administration n'osent plus traiter les gens par le mépris (Si les sbires se comportaient mal, qui réprimerait les écarts et vexations des petits fonctionnaires ?). Les effectifs surnuméraires des chefaillons locaux ont été drastiquement réduits et l'administration n'interfère plus dans la vie des villages[71].

---

[71] Il est ici fait allusion au système du 保甲 *bǎojiǎ*, méthode d'administration locale par lequel la responsabilité de certaines tâches administratives étaient confiée par rotation à des chefs de groupe de dix ou cent familles. Ce système, qui a existé par intermittence et sous diverses formes des Song au Qing (XIe au XXe siècle), a le plus souvent été inefficace et a constitué une cause supplémentaire de corruption et de tyrannie mesquine, comme si le système du mandarinat n'y suffisait pas lui même dans ses mauvaises années...

« Il a tué ou capturé les membres de plus d'une dizaine de bandes de brigands et les tours de guet n'ont plus besoin d'être armées. Mais il use également de discernement dans l'application des peines et des châtiments.

« Tout cela montre qu'il s'occupe des affaires publiques avec autant de zèle que de ses affaires domestiques ! Il a d'ailleurs fait punir les pulsions adultérines et bestiales[72] et réprimer les comportements licencieux. Son intégrité morale est aussi pure que l'eau glacée d'une amphore de jade, il est respectueux des lois et méritant comme les sages du temps jadis. Son influence est bénéfique comme la rosée d'or[73] !

« En outre il aime à former les hommes de talent. Partout il a fait ouvrir de nouvelles écoles où les jeunes peuvent s'imprégner des bienfaits de l'éducation et tout un chacun s'inspirer de son propre exemple. Ses disciples sont nombreux ; les enfants y apprennent à aimer leur tendre mère, les plus âgés à respecter leur maître.

« Après une si courte période, alors que la mutation du Préfet est proche, les ignorants que nous sommes craignent que les bienfaits d'un si excellent gouvernement ne soient vite dissipés, que la

---

[72] L'adultère est en effet exprimé dans la version originale par la formule imagée 狐鼠之奸 *húshǔ zhī jiān*, soit « comportement déviant des renards et des rats ».

[73] Autres allusions très littéraires : 玉壺冰 *yùhúbīng* « la glace dans une amphore de jade » désigne en effet l'intégrité et l'honnêteté. La « rosée d'or », voire la « rosée de la colonne d'or » 金茎露 *jīnjīnglù*, fait allusion à la rosée que l'Empereur Wudi des Han faisait recueillir dans un dispositif de sa propre invention en croyant qu'elle allait lui assurer l'immortalité (ce n'était que l'un de ses nombreux échecs en ce domaine...). Il s'agissait d'un bassin monté sur une colonne de bronze.

poussière ne se remette à tournoyer et que le brigandage ne puisse plus être contenu. Et ce, alors même que la disette n'est jamais loin et que les bandits rôdent dans les régions voisines. Avec un chagrin infini nous voyons venir à nous ces brutaux changements.

« En conséquence, le cœur craintif et plein d'appréhension, nous sommes prêts à faire le siège du *yamen* et à nous coucher dans les ornières pour empêcher le départ de notre mandarin. Nous prions que soient considérés avec bienveillance les sentiments du peuple et remettons notre exposé à l'Empereur, afin qu'il modifie l'ordre de mutation du Préfet Cheng. Que cette Étoile du bonheur[74] puisse rester en place pour nous guider sur notre chemin.

« Telle est la pétition que nous présentons aux autorités. »[75]

Le juge Pao rédigea immédiatement un rapport allant dans le sens des souhaits de la population de la préfecture de Yüeh, consignant ainsi pour la postérité les actions méritoires du Préfet. La mutation de

---

[74] 福星 *Fúxīng*, Étoile du Bonheur, est un autre nom de 木星 *Mùxīng*, l'Étoile du Bois (Jupiter). Le nom est utilisé pour désigner un individu capable d'apporter bonheur ou espoir à autrui.

[75] On constate qu'aujourd'hui encore, le système de pétition envoyée au gouvernement est utilisé en dernier recours par la population chinoise. Il existe même un Bureau d'État chargé de les gérer. Il est malheureusement beaucoup plus souvent utilisé pour suppléer aux lacunes de la justice et se plaindre des exactions des autorités locales que pour en demander le maintien… Ce système va être réformé, par décision prise au XVIIIe Congrès du Parti communiste de novembre 2013, pour « mieux servir le public » et permettre le dépôt des « lettres et appels » (le nom officiel des pétitions) par Internet.

Cheng Tsung-K'ung fut annulée et il fut bientôt promu directement de deux rangs dans la hiérarchie mandarinale.

3

La sarabande des esprits-rats

Où...

*Il apparaît que la polyandrie
n'est pas recette de quiétude familiale ;*

*Quelques démons démontrent leurs talents,
mais pas leur créativité ;*

*Le juge Pao prouve que la couleur du chat importe peu,
pourvu qu'il attrape la vermine.*

Sai-Houa succombe à un sortilège de séduction

UN NOMMÉ CHE KIUN, *le Talentueux*, vivait dans le district de Ts'ing-Ho, avec sa femme qui venait de la famille Ho et se prénommait Sai-Houa, *Fleur en offrande*[76]. Che Kiun était doué de très grandes qualités morales et intellectuelles, tandis que Sai-Houa était

---

[76] Il s'agit d'offrandes faites en remerciement aux dieux ou aux esprits pendant les sacrifices rituels.

belle comme le jour et excellait à tous les travaux féminins. Un jour le jeune lettré apprit qu'à la capitale orientale[77] allait être ouverte une session d'examens et se mit en route avec son jeune valet, Petit Deuxième, pour y tenter sa chance. Ils voyageaient de jour et dormaient la nuit, se restauraient et buvaient quand ils avaient faim et soif. Après quelques jours de marche ils arrivèrent au pied d'une montagne et s'arrêtèrent dans une auberge pour y passer la nuit. La chaîne de montagnes faisait six cents *li* de long. De profondes vallées séparaient d'abrupts pics recouverts de sombres forêts. Nul sentier emprunté par les hommes n'y pénétrait ; mais bêtes sauvages et autres créatures maléfiques y abondaient.

*

Jadis cinq esprits-rats étaient descendus du Ciel de l'Ouest jusque dans ces montagnes et s'étaient installés dans une grotte située sous le Roc de la Contemplation du Lac. De là ils menaient leurs funestes expéditions. Ils excellaient en magie et illusions. Souvent ils prenaient l'apparence de vieillards pour duper les marchands et les soulager de leur fortune. Ou bien ils se transformaient en jeunes filles et séduisaient d'honnêtes jeunes gens, quand ce n'était pas en beaux jeunes gens pour entraîner les filles de riches familles dans la débauche.

---

[77] La capitale « orientale », située à 开封 *Kāifēng* dans la province du Henan, était la principale. Il existait trois capitales secondaires, plus à l'ouest Henan (aujourd'hui Luoyang), au sud Yingtian (Shangqiu), toutes deux également dans le Henan, et au nord Daming (Daming dans le Hebei).

Ce jour-là le plus jeune des esprits-rats était à la recherche d'une nouvelle victime. Il prit l'apparence d'un aubergiste et s'installa dans un relais désaffecté pour y accueillir les voyageurs. Le premier à pénétrer dans ce traquenard fut l'infortuné Che Kiun. L'esprit engagea la conversation et lui demanda d'où il venait et quel était le but de son voyage. Quand Kiun expliqua qu'il se rendait à K'ai-Fong pour y passer les examens, l'être maléfique se réjouit en silence. Il chargea une table de mets et d'alcool et s'installa en face de son client pour lui tenir compagnie. Rapidement la conversation, aidée par le vin, dévia sur la querelle des textes anciens et modernes, à la grande surprise du lettré qui se demandait comment le gérant d'une simple auberge pouvait se révéler aussi cultivé. Il demanda :

« Mon nouvel ami fréquenterait-il par hasard une école dans les environs?

— Je ne veux rien cacher à quelqu'un d'aussi perspicace, répondit l'autre en riant. Il y a trois ou quatre années de cela j'ai moi-même tenté de passer les examens métropolitains, mais le destin n'a pas voulu que je réussisse. Aussi ai-je renoncé aux études pour ouvrir cette petite auberge et c'est ici que depuis je passe mes journées. »

Ainsi mis en confiance, Che Kiun continua à boire ; il fut bientôt ivre au point de ne pas remarquer son partenaire souffler dans le vin avant de le lui servir. Il finit par s'écrouler au bas de sa chaise. Le valet qui était dans un coin de la pièce se précipita pour le relever et l'amener jusqu'à sa chambre. Mais le poison instillé par l'esprit faisait son effet et Kiun fut bientôt pris d'abominables douleurs de poitrine.

Petit Deuxième était très inquiet, d'autant qu'il comprit vite que pas un docteur ne vivait à proximité. Il attendit que le jour se lève. Le faux aubergiste avait disparu et la bicoque avait repris son véritable aspect de crasse et d'abandon. Le valet sut que son maître avait été victime d'un démon. Il s'arma de courage et parcourut plusieurs *li* en soutenant la victime, pour finalement trouver une véritable auberge dans laquelle on leur porta secours ; mais le poison magique ne se dissipait pas si aisément.

*

Entre-temps l'esprit maléfique avait revêtu l'apparence de Che Kiun et parcourait en sens inverse le chemin vers Ts'ing-Ho. Sai-Houa était dans sa chambre en train de se coiffer quand elle apprit l'arrivée de son époux. Elle sortit en hâte, un sourire aux lèvres.

« Tu n'es parti qu'à peine plus de vingt jours, comment se fait-il que tu sois déjà de retour ?

— Alors que je m'approchais de la capitale, j'ai croisé plusieurs candidats qui m'ont informé que la session d'examen était déjà terminée. J'étais fort désappointé, du coup j'ai fait demi-tour et me voilà !

— Mais où donc est ton valet ?

— Je voulais rentrer au plus vite, mais il ne tenait pas le rythme ; je lui ai confié l'essentiel des bagages et il suit derrière. Il sera là dans quelques jours. »

Ne se doutant de rien, Sai-Houa fit servir le petit-déjeuner et le prit avec celui qu'elle croyait être son mari. Et comme ils se retiraient pour assouvir d'autres besoins, aurait-elle pu se douter que le vrai

Che Kiun, à des jours de marche de là, souffrait le martyre allongé dans un lit d'une auberge perdue ? Parents et voisins furent tout autant abusés.

Par bonheur Petit Deuxième avait pu se procurer à prix d'or quelques pilules magiques concoctées par le Vénérable Tong[78]. Il en fit avaler une, avec un peu de bouillon, à son maître qui fut dès lors rapidement remis sur pied. Che Kiun voulut poursuivre sa route vers K'ai-Fong mais fut prévenu que les examens s'étaient déroulés pendant qu'il gisait à moitié mort. Alors, lentement, ils reprirent le chemin de leur domicile ; vingt jours de plus s'écoulèrent avant qu'ils n'arrivent chez eux. Le valet avait pris un peu d'avance pour prévenir la maisonnée du retour du maître. Il pénétra dans la cour. Sai-Houa et le démon étaient dans le jardin de derrière, savourant un vin léger. Sai-Houa se leva quand elle entendit la voix du valet, et, se rendant dans la cour, l'apostropha :

« Pourquoi arrives-tu avec tant de retard?

— Du retard ? répondit-il. Le retard, ce n'est rien ! Le plus grave, c'est que le Maître a été confronté à un péril mortel !

— Quel maître ? dit-elle, interloquée.

— Celui avec lequel je suis parti pour la capitale ! De qui pourrais-je bien parler ?

— Je crois que tu t'es inquiété pour rien ! Sai-Houa riait de bon cœur. Alors que tu traînais je ne sais où, ton maître est revenu depuis belle lurette !

— Que dîtes-vous donc ? Le maître et moi ne nous sommes pas quittés d'un pouce. Le jour je le

---

[78] 董真人 *Dŏng zhēnrén.* Les 真人 ou « hommes véritables » sont des maîtres taoïstes qui ont obtenu l'immortalité par leur piété ou par leurs pouvoirs magiques ou d'alchimistes.

soutenais, la nuit je veillais à ses côtés. Comment aurait-il pu arriver ici avant moi ? »

Devant l'assurance de Petit Deuxième, Sai-Houa se sentit pour le moins troublée. Sur ces entrefaites, Che Kiun lui-même franchit le portail de la propriété. À la vue de sa femme il l'embrassa et se mit à pleurer. C'est le moment que choisit l'esprit déguisé pour intervenir. Il s'écria du seuil de la pièce principale :

« Qui ose prendre des libertés avec ma femme ? »

Che Kiun se jeta sur lui, fou de rage. Mais il n'avait pas encore retrouvé toutes ses forces et n'était pas de taille à lutter contre une créature démoniaque. Il fut rapidement éjecté dans la rue. Les voisins avaient été alertés par tout ce raffut et béaient de surprise devant le spectacle. L'époux rejeté n'eut d'autre choix que de se rendre chez son beau-père pour tout lui expliquer. Le vieillard comprit que le problème n'était pas qu'une simple affaire passionnelle et incita son gendre à retourner à la capitale pour porter plainte directement auprès du Premier ministre Wang.

Cocasse cacophonie à K'ai-Fong

CELUI-CI LUT LA PLAINTE TRANSMISE, et bien qu'elle lui apparût fort douteuse, il envoya la troupe se saisir de Sai-Houa et de celui qui prétendait être son époux. Et en effet, quand il eut devant lui le plaignant et l'accusé, il constata que leur apparence était identique. La foule présente à l'audience murmurait que seule la clairvoyance d'un magistrat comme le juge Pao pouvait résoudre un tel mystère ; mais Pao était en tournée d'inspection aux frontières, la date de son retour incertaine. Sans se laisser démonter, Wang demanda d'abord à Sai-Houa de s'avancer et de raconter par le menu tout ce qu'elle savait. Puis, la faisant monter sur l'estrade, il lui demanda en aparté :

« N'auriez-vous pas connaissance d'une marque quelconque, cachée sur le corps de votre époux, qui puisse permettre de déterminer lequel de ces deux-là est le véritable Che Kiun ?

— Mon époux a en effet sur le bras droit un grain de beauté noir, aisément vérifiable, » dit-elle.

Le haut mandarin fit avancer l'un des deux sosies et lui ordonna d'ôter sa tunique. Aucune marque sur le bras droit. *C'est celui-ci le démon,* se dit le ministre. Par acquit de conscience il vérifia que sur le bras de l'autre suspect se trouvait bien le fameux grain de beauté. Il les fit tous deux s'agenouiller devant l'estrade. Les sbires apportèrent une longue cangue. Wang déclara :

« Vous avez tous pu constater que l'un d'entre eux a un grain de beauté sur le bras droit : c'est le véritable Che Kiun. L'autre n'en a pas : c'est l'usurpateur. Posez-lui la cangue. »

Mais quand les sbires s'approchèrent, les deux hommes avaient désormais la même marque sur le bras... Wang reprit :

« Les forces démoniaques sont à l'œuvre ! Je ne peux plus distinguer sans preuve le vrai du faux. Remettez-les tous deux au cachot. Je reporte mon jugement à demain. »

Dans sa cellule l'esprit-rat n'éprouvait aucune

espèce d'inquiétude ; il se contenta d'exhaler un souffle putride par la fenêtre du cachot. Dans leur grotte sous le rocher surplombant le lac, les quatre autres démons perçurent son appel et décidèrent de venir à son secours. La nuit suffit pour que l'un d'eux rejoigne la capitale et dès l'aube, il prit l'apparence du Premier ministre Wang et convoqua le tribunal en avance. Che Kiun fut extrait de sa cellule et durement questionné et se vit infliger une lourde peine. Abasourdi, il se mit à hurler à l'injustice. C'est le moment que choisit le vrai ministre pour rentrer en salle d'audience. Éberlué, il vit sur l'estrade une fidèle image de lui-même ! Il ordonna aux sbires de se saisir de l'imposteur, mais celui-ci s'était également levé et, profitant de sa position, lança le même ordre de son côté. En un instant, la grande salle fut transformée en un véritable pandémonium. Ordres et cris fusaient de tous côtés ; les gardes ne savaient plus où donner de la tête : deux suspects identiques, deux mandarins de haut niveau semblables ! Un vieux fonctionnaire, à l'esprit encore affûté, s'avança :

« Il nous est impossible désormais d'y voir clair. Une journée entière n'y suffira pas, si nous ne faisons pas appel à l'Empereur Jen Tsong[79] lui-même ! »

*

Il fut donc rendu compte de la situation au Fils du Ciel qui ordonna que lui soient amenés les deux Premiers ministres. Quand ceux-ci pénétrèrent dans la salle du Trône, le démon murmura une formule

---

[79] Jen Tsong : empereur 宋仁宗 *Sòng Rénzōng*, qui a régné de 1022 à 1063 (son portrait officiel est en 4e de couverture).

magique : la vision de l'Empereur se brouilla et la tête lui tourna. Il ne put que donner l'ordre de mettre les deux sosies sous bonne garde dans la prison du Palais.

La nuit tombée, alors que le Boisseau du Nord[80] grimpait dans le ciel, Jen Tsong se sentit mieux et fut en mesure de comprendre le problème auquel il était confronté. Car l'Empereur n'était autre qu'un avatar du Grand Immortel aux Pieds Nus[81] descendu sur terre ! Ses pouvoirs magiques ne se mettaient cependant en branle qu'en pleine nuit, quand du Palais céleste l'Immortel était en mesure de voir ce qui se passait ici-bas.

Dans sa cellule, l'esprit-rat déguisé en Premier ministre commençait à craindre d'être démasqué. Il exhala lui aussi un souffle maléfique qui voyagea, le lecteur l'aura deviné de lui-même, jusqu'à la grotte où se tenaient ses complices. Ceux-ci décidèrent d'envoyer un troisième esprit au secours des deux premiers. Le déguisement sous illusion était le point fort de ces êtres pervers, et comme malgré leurs autres qualités ils manquaient somme toute d'imagination mais pas d'impudence, le démon de renfort décida d'agir en prenant l'apparence de l'Empereur en personne ! La cinquième veille était à peine sonnée qu'il se retrouva assis sur le Trône ; il

---

[80] C'est à dire la Grande Ourse.

[81] L'un des Immortels célèbres de la tradition taoïste, dont les pieds lui servaient d'arme dans sa lutte contre les démons. C'est dans le roman classique *Au bord de l'eau* que l'Empereur Renzong apparaît pour la première fois comme une incarnation ou un avatar de cette divinité, qui fait partie des 散仙 *sànxiān* ou « immortel sans charge », c'est à dire ceux n'ayant pas encore reçu de fonction officielle dans la hiérarchie céleste et pouvant donc se permettre de voyager pour venir en aide aux mortels.

rassembla toute la Cour pour s'occuper de la pressante affaire. Le vrai Jen Tsong, quant à lui, ne pénétra dans la salle qu'à l'aube. À la vue de deux Fils du Ciel, un léger affolement se fit jour chez tous les mandarins civils et militaires qui en perdirent leur teint.

Une délégation fut envoyée au Palais intérieur auprès de la Reine-mère pour l'entretenir des faits exposés ci-dessus. La Reine-mère ne manqua pas d'être stupéfaite de cette inhabituelle occurrence, mais, sans se démonter, elle se munit du Sceau de Jade impérial et suivit les mandarins en salle d'audience pour tenter de mettre de l'ordre dans cette confusion. La Reine-mère déclara :

« Que la Cour ne s'inquiète donc pas. Le véritable Jen Tsong a dans la paume gauche le dessin des contours de l'Empire, et dans la paume droite d'autres lignes représentant les symboles du pouvoir impérial[82]. Vérifiez donc, celui qui n'arbore pas ces marques est l'imposteur ! »

Et de fait, seul l'un des deux Empereurs présents présentait de telles lignes dans ses mains. La Reine-mère rédigea un édit impérial et l'imposteur fut enfermé dans la même prison que les deux Premiers ministres Wang. Le nouveau prisonnier communiqua avec ses deux frères aînés, de la même façon que les autres. Les deux démons toujours en liberté se fâchèrent et délibérèrent entre eux :

« Ils se sont comportés déraisonnablement, protesta l'aîné. Enfermés qu'ils sont dans une formidable prison, ayant soulevé jusqu'à l'ire de la Cour impériale, comment pourrions-nous les sauver ?

---

[82] Le terme utilisé ici est 社稷 *shèjì*, c'est à dire « les dieux de la terre et du grain », métaphore désignant l'État.

— Quoi qu'ils aient fait, je dois tenter de les secourir, » répondit le cadet.

Mais comme les esprits-rats, de par leur nature animale, ne disposaient que d'une capacité limitée de remise en question, il ne trouva rien de mieux que de se déguiser en Reine-mère... Une fois arrivé dans la salle du Trône il ordonna qu'on libère tous les prisonniers. De l'intérieur du Palais, au même moment, la Reine-mère avait rédigé un édit spécifiant qu'il était hors de question de laisser aux démons une seule chance de s'échapper ! Les mandarins se retrouvèrent avec deux ordres contradictoires dont ils ne savaient pas lequel venait de la vraie Reine-mère. L'Empereur lui-même se trouva fort marri de se retrouver avec deux mères et en perdit sommeil et appétit durant plusieurs jours. Ses ministres lui conseillèrent :

« Votre Majesté devrait envoyer des courriers aux frontières pour rappeler le juge Pao à la cour, lui seul sera en mesure d'éclaircir la situation. »

À mauvais rats, bon chat

L'EMPEREUR RÉDIGEA lui-même l'édit que les courriers express transmirent aux gouverneurs des commanderies frontalières. Dès que le message fut parvenu au juge Pao, celui-ci rentra à la capitale sans perdre un instant et fut reçu en audience par l'Empereur.

À la sortie de la Cour, il réintégra ses bureaux à la préfecture de K'ai-Fong et prit ses dispositions : il fit rassembler vingt-quatre de ses gardes les plus dénués de pitié et fit aligner trente-six instruments de torture. Une fois la salle du tribunal ainsi arrangée, il convoqua l'ensemble des suspects, soit les deux lettrés Che Kiun, les deux Premiers ministres Wang, un faux Empereur et les deux Reines-mères ! Jamais il n'avait été confronté à un tel imbroglio.

« Je n'ai encore déterminé ni qui était le vrai Che Kiun, ni qui était le vrai ministre ! Mais que cet empereur-ci soit un imposteur, cela au moins ne fait aucun doute. »

Il ordonna que tous soient replacés sous les verrous et annonça qu'il consulterait le Dieu des douves et des murailles avant de reprendre l'interrogatoire le lendemain. Les quatre esprits démons se retrouvèrent ensemble et se regardèrent, désemparés. Et de se dire :

« Si le juge Pao demande l'avis du Dieu des murailles, nous sommes cuits ! Pas moyen de dissimuler notre identité. Il nous faut demander l'aide de notre frère aîné, le Seigneur-Rat. »

Leurs souffles émis ensemble suffirent en effet à convaincre l'aîné de se porter à leur secours, malgré ses réticences initiales. Il s'enquit de la situation et éclata de rire :

« Attendez un peu que je me déguise moi-même en juge Pao, et on va bien voir quelle sentence sortira du procès ! »

Et derechef il prit l'apparence du juge, vint s'installer sans vergogne sur son fauteuil dans la salle du tribunal de la Préfecture et se mit à rendre la justice. À ce moment cependant, le vrai juge revenait au *yamen* après avoir remis sa demande d'aide au temple du Dieu de la Ville. On lui annonça qu'un autre juge Pao était déjà installé au tribunal ! Le juge s'emporta :

« C'est le comportement d'un vil animal ! »

Il pénétra dans la salle du tribunal et ordonna à ses gardes de s'emparer du faux juge. Mais l'esprit-rat descendit immédiatement de l'estrade et bien loin de s'enfuir, se précipita vers le juge Pao ! Immédiatement la plus grande confusion régna : les gardes ne purent plus distinguer leur chef de l'imposteur. Comment auraient-ils osé agir dans ces conditions ? Ils restèrent paralysés. Le juge Pao sentit la moutarde lui monter au nez mais se maîtrisa et dit aux gardes les plus proches, après avoir balancé le pour et le contre :

« Fermez toutes les issues du *yamen*, surtout ne laissez aucune nouvelle de tout ceci filtrer à l'extérieur ! Et attendez mes autres instructions. »

Les gardes acquiescèrent, ces paroles leur semblant sages. Le juge se retira dans son bureau derrière la salle d'audience tandis que l'imposteur restait sur place pour tenter d'expédier son affaire. Mais les gardes se méfiaient désormais des ordres trop engageants et ne lui obéissaient plus.

*

En rentrant dans son bureau le juge aperçut Madame Li, sa première épouse, et lui confia :

« Que d'étranges phénomènes bien difficiles à démêler ! Je ne peux plus attendre la réponse du Dieu des murailles et dois me rendre au Ciel pour supplier la Divinité suprême d'exterminer ces démons malfaisants. Recouvrez mon corps d'une couverture quand je serai sur mon lit, et veillez à ce que nul ne me dérange ; je devrais revenir dans deux jours. »

Puis il se saisit d'une fiole de sang de paon, en

avala plusieurs gorgées et alla s'allonger sur son Lit d'Ombre. Dès que l'évanouissement fut survenu, son esprit s'échappa pour rejoindre les portes du Ciel. Les gardiens célestes le menèrent à la salle où trônait l'Empereur de Jade. La Divinité suprême écouta sa supplique et ordonna à l'un de ses ministres de mener l'enquête sur les troubles qui semblaient régner sur Terre. Le rapport fut :

« Il s'agit des cinq esprits-rats échappés du Temple du Tonnerre de l'Ouest, descendus dans le monde pour y semer le chaos.

— Qu'on envoie donc sur place quelques soldats célestes pour régler la question !

— Je crains que cela ne suffise pas. Même si les soldats célestes arrivaient sur place assez vite, l'esprit en chef pourrait se réfugier dans l'Océan et causer d'immenses dégâts. Il s'agit d'esprits-rats ; seul le Chat à Face de Jade de la grande salle du Temple du Tonnerre, où réside le Bouddha, est en mesure d'anéantir ces démons si nous demandons son aide. Dans ces cas-là il vaut cent mille soldats célestes. »

L'Empereur de Jade dépêcha donc un émissaire jusqu'au Temple du Tonnerre. Il fut reçu en entrevue par le Bouddha lui-même et lui présenta la tablette de jade sur laquelle l'Empereur de Jade avait gravé sa requête. Le Bouddha en délibéra avec ses disciples rassemblés. Le Grand Maître Kuang intervint :

« Le Temple ne peut se permettre de se séparer de ce Chat gardien, en raison des innombrables soutras que nous y conservons. Si nous autorisons le chat à partir chasser ces esprits-rats, que risque-t-il de nous arriver ? Les soutras seront dévorés par d'autres de ces rongeurs !

— Mais comment oserions-nous désobéir à la volonté de l'Empereur de Jade ? demanda le Bouddha.

— Nous pourrions mettre à sa disposition le Lion aux Yeux d'Or, répondit le Grand Maître. Si l'Empereur de Jade demande pourquoi, nous pourrons dire que nous devons protéger les soutras ; il n'y verra pas offense. »

Le Bouddha suivit ce conseil et laissa repartir le Lion en compagnie de l'émissaire divin. Mais en les voyant arriver au Palais, le ministre protesta :

« Le juge Pao, Étoile de la Littérature[83], est venu jusqu'ici pour nous informer du chaos qui frappait la Capitale de l'Est. Cet animal n'est pas le Chat à Face de Jade ; la peine que le juge s'est donnée aura donc été vaine ! Je prie Votre Divinité de le laisser aller chercher l'aide dont il a vraiment besoin. »

L'Empereur acquiesça et renvoya son émissaire, accompagné cette fois du juge Pao, au Temple du Tonnerre de l'Ouest. Le juge supplia le Bouddha de lui accorder son aide, mais celui-ci restait inflexible. L'Arhat du Grand Véhicule[84] intervint alors :

---

[83] Une légende supplémentaire qui entourait le juge Pao est que dans ses affectations les plus importantes, il n'était autre qu'un dieu mineur envoyé sur Terre pour assister l'autre divinité qu'était l'Empereur Renzong (voir note 81). 'L'Étoile de la Littérature' (文曲星 *Wénqǔxīng*) est l'ancien nom chinois d'une des étoiles de la Grande Ourse, *Delta Ursae Majoris* (Megrez). La plupart des étoiles principales sont assimilées à des divinités. La tradition chinoise a pris l'habitude de qualifier les hauts fonctionnaires les plus dévoués du surnom d'*Étoile de la Littérature descendue sur Terre.*

[84] Un arhat est, de façon générale, un individu ayant accédé au nirvana mais qui reste moins éclairé ou saint qu'un bouddha. Le nom de celui-ci semble indiquer qu'il est assez élevé dans la hiérarchie que les Chinois appliquent aussi bien au panthéon taoïste

« C'est pour le bien du peuple des mortels que l'Étoile de la Littérature est venue à grand-peine jusqu'ici, en endurant mille souffrances ! Le Bouddha n'aurait-il pas à cœur le bien-être du peuple ? Si ce n'est pas le cas, vous devez accéder à sa requête ! »

Le Bouddha céda enfin et ordonna à l'un des apprentis de libérer le Chat à Face de Jade de sa cage dorée. Il récita un soutra qui eut pour effet de réduire considérablement la taille du félin sacré. Le juge put alors le ranger dans sa manche. Puis il prit respectueusement congé du Bouddha, rentra au Palais de l'Empereur de Jade et rendit compte du succès de sa démarche. La divinité se réjouit et prescrivit au Dieu de l'Unité Primordiale[85] de préparer une coupe d'eau de saule pour annuler l'effet du sang de paon que le juge avait ingurgité.

*

Ainsi, dès que les portiers célestes l'eurent escorté jusqu'à la porte du Palais, le corps du juge reprit vie sur son Lit d'Ombre. Cinq jours entiers s'étaient écoulés ! Madame Li se réjouit grandement du réveil de son époux et lui apporta une soupe revigorante. Le juge Pao lui raconta son voyage à la résidence du Bouddha du monde occidental pour obtenir de l'aide.

« Comment comptez-vous vous y prendre maintenant ? lui demanda-t-elle.

---

que bouddhiste, qu'ils n'hésitent pas à faire intervenir de concert dans leurs contes fantastiques…

[85] Encore une divinité populaire du panthéon taoïste. Le 太乙天尊 *Tàiyǐ tiānzūn*, divinisation du 1er empereur de la dynastie Shang, a la réputation de savoir soulager souffrances et douleurs.

« — Demain, vous vous rendrez au Palais Impérial et demanderez audience à l'Empereur. Vous le prierez de fixer une date, à laquelle il fera installer une haute estrade au-dehors de la porte sud du Palais impérial. C'est là que je traiterai cette affaire. Et surtout je vous prie de n'en rien dévoiler à quiconque. »

Le lendemain, conformément à ces instructions, Madame Li grimpa dans son palanquin et se rendit au Palais. Jen Tsong agréa sa demande ; son fidèle officier Ti Tch'ing emmena une section de soldats de la Garde impériale pour ériger l'estrade.

Au jour dit, le juge Pao envoya les vingt-quatre gardes sélectionnés quelques jours plus tôt se mettre en place autour de l'estrade. Tout ce remue-ménage avait mis en émoi la populace de la capitale. Une foule compacte se pressait auprès de la nouvelle construction pour voir de quoi il retournait, citoyens et soldats de la garnison mêlés. Les vrais Che Kiun, Premier ministre Wang, Empereur et Reine-Mère, tout comme les imposteurs, se tenaient au pied de la scène. Les mandarins civils et militaires étaient alignés en rang sur les deux côtés de la structure. Le vrai juge Pao était seul assis en hauteur ; son sosie, sûr de lui, était resté en bas pour discuter avec ses complices. Quand l'heure de midi approcha, le juge sortit de sa manche un rouleau qu'il lut à voix haute : c'était l'incantation qui annulait celle que le Bouddha avait récitée au Temple du Tonnerre.

Le Chat à Face de Jade bondit d'un seul coup hors de sa manche en reprenant sa véritable taille ! Le félin se dressa, ses yeux lançant des éclairs dorés. Puis il se rua comme un tigre furieux au pied de la plate-forme et sans hésiter un seul instant repéra le faux

Empereur et le déchiqueta de deux coups de dent. Le deuxième esprit-rat préféra reprendre sa forme véritable pour tenter de s'échapper. Le Chat étendit sa patte gauche pour l'arrêter, presque paresseusement, tandis que de l'autre patte il immobilisait le démon principal qui incarnait le faux Juge Pao. Puis il ouvrit grand sa gueule et se mit à les dévorer. Au vu de ce carnage, les spectateurs terrifiés hurlaient à pleins poumons. Les deux derniers esprits-rats tentèrent de s'envoler vers le ciel. Le chat bondit, en   attrapa un qui retomba lourdement ; c'était le cinquième frère. Ne restait plus que le quatrième qui était déjà loin. Mais le félin n'abandonna pas et fit jaillir un rai de lumière sur lequel il se mit à courir à la poursuite du démon.

Tous les esprits malfaisants étaient éliminés. Mandarins et populace avaient enfin compris ce qu'il s'était passé et tous partirent en de bruyantes et joyeuses exclamations.

Le juge Pao descendit de l'estrade pour observer les cadavres des quatre rats, longs de plus d'un pied, qui gisaient là. De leurs blessures suintait un liquide blanchâtre et nauséabond.

« Ceci est fait de substance vampirique, déclara le juge. Je préconise que ces cadavres soient cuits au court-bouillon et le résultat distribué à tous les gardes et soldats, cela augmentera leur force. »

Jen Tsong y consentit et les dépouilles furent emportées. L'Empereur repartit pour la Cour et maintenant que l'imposteur avait disparu, ministres et mandarins se succédaient pour réaffirmer leur loyauté. Jen Tsong se réjouissait de l'heureuse issue de cette détestable affaire qui n'avait que trop duré ; il convoqua le juge Pao en salle du Trône pour le remercier, et pour l'honorer fit organiser un immense banquet auquel tous les dignitaires et tous les généraux furent conviés. Il ordonna enfin que les scribes du Palais enregistrent son exploit dans les chroniques dynastiques.

*

Le banquet terminé et alors que maints toasts avaient été échangés, le juge rentra au *yamen*. Il fit enfin libérer Che Kiun qui alla retrouver sa femme, Madame Ho ; tous deux purent rejoindre leur domicile. Mais les malheurs du couple n'étaient pas terminés ! Ho Sai-Houa avait passé de longues semaines avec l'un des esprits-rats et subi ses lubriques assauts ; le poison qu'il avait, nuit après nuit, déposé en elle se déclara et elle fut prise un jour d'atroces douleurs au ventre. Il restait heureusement à Kiun l'une des pilules du Vénérable Tong qu'il fit avaler à son infortunée épouse. Sai-Houa passa quelques heures de souffrance à recracher et exsuder tout le venin qu'elle portait avant d'être sauvée.

À la session suivante des examens métropolitains, Che Kiun fut reçu avec le grade de Docteur. Les deux enfants du couple connurent également le succès et se firent plus tard un nom par eux-mêmes.

4

Un général peu généreux

Où...

Le juge Pao officie en tant que juge des Enfers ;

*Un général est amené à regretter
son comportement de soudard.*

QUAND LA COUR IMPÉRIALE envoya le général Yang Wen-Kuang[86] en expédition aux frontières, le juge Pao reçut l'ordre impérial de célébrer le départ de l'armée et partit en procession sur le Grand Canal. Alors qu'il s'approchait d'un embarcadère, le vent se leva soudain en tourbillonnant avec un bruit qui sonnait comme une longue plainte désolée, glaçant le juge jusqu'aux os. Il se dit qu'à cet endroit devait avoir été commise une terrible injustice. Il ordonna à sa suite de faire halte pour la nuit dans un relais

---

[86] 杨文广 *Yáng Wénguǎng*, fameux général mort en 1074. Il fait partie de la famille Yang de soldats rendue célèbre par de très nombreuses œuvres depuis le XIIe siècle. Ce général n'est pas celui qui est le « héros » de cette « enquête » du juge Pao ; la concision du texte peut mener à la confusion…

voisin ; les embarcations furent halées et arrimées à l'embarcadère.

Le juge grimpa sur la couche spéciale qui le mettait en relation avec le Royaume des Ombres. Lui apparurent alors soudain des soldats, neuf en tout, qui se pressaient à ses pieds en tentant chacun de se faire entendre. Dans un concert de plaintes que renforçait encore leur apparence pathétique – car chacun d'entre eux avait le col tranché et se promenait avec sa tête sous le bras – ils finirent par lui remettre l'énoncé de leurs griefs :

> « Nous rendons compte de hauts faits accomplis devant l'invasion ennemie. La guerre est féroce et le sort des armes est cruel, cela est connu depuis la plus haute antiquité. Les généraux sont prêts à se sacrifier pour servir la patrie, les officiers et les hommes de troupe font peu de cas de leur propre vie pour se porter vers l'ennemi, comme s'ils étaient de la viande jetée aux tigres, comme s'ils étaient quelque ingrédient jeté dans un chaudron bouillonnant. Mais lequel d'entre nous ne prie-t-il pas pour se voir ennoblir de son vivant, et lequel n'hésiterait pas pour cela à affronter mille morts ? Et même au seuil de la mort, recevant l'édit lui attribuant, à lui et à ses descendants, titre ou terre, pas un ne le rendrait pour revenir à la vie !
>
> « Nous ployons sous le poids de la hallebarde et de la hache-poignard, jusqu'au jour où nous n'avons plus que notre vie à offrir. Nous exposons notre vie et risquons la mort, mais souvent n'engraissons que nos chefs et n'enrichissons que leurs familles !
>
> « Le général You nous a dépouillés de notre gloire et nous a fait décapiter ; nous privant de la vie, il

nous a empêchés à tout jamais de nous exprimer. Mais pense-t-il arrêter l'envahisseur en restant assis sous sa tente de campagne ? Peut-être croit-il en vain qu'un chasseur, s'il a tué ses propres chiens de chasse et ses éperviers, reste capable de capturer le gibier ?

« En ce jour, le sang ruisselle de nos nuques tranchées. Nous n'aspirons qu'à ce que nos corps puissent reposer en paix. Le sabre nous a cruellement marqués, nous comptons que la hache envoie notre bourreau nous rejoindre dans l'autre-monde.

« Veuillez nous pardonner l'amertume dont nous faisons preuve : peut-être d'un simple trou bouché dans la glace, le soleil peut-il renaître ? Mais qui oserait l'espérer ? »

Le juge Pao termina sa lecture et demanda au porte-parole des soldats :

« Dois-je comprendre de votre plainte que vous revendiquez pour vous-même la dernière victoire du général You contre une armée de trois mille Tartares alors que vous n'étiez que neuf soldats ?

— C'est justement parce qu'il refusait de nous croire et de nous en faire honneur que le général You s'est attribué tout le mérite de cette victoire. Mais vous, Seigneur Pao, dont le mérite et le sens de la justice résonnent jusqu'au Ciel, ne pouvez justement admettre cela !

— Continue ton récit, dit le juge avec un sourire.

— Dans un premier temps les féroces Tartares avaient le dessus. Le général You a mené cinq cents soldats droit contre eux, mais nous avons été défaits et il a fallu battre en retraite. Le soir venu, nous autres soldats, avons refusé de nous avouer vaincus. Nous avons décidé de mener un raid nocturne contre le camp tartare. Nous n'étions pas plus de neuf, mais la première veille à peine passée, nous nous sommes approchés en rampant, et avons réussi à mettre le feu au camp ennemi. Sur les trois mille Tartares, pas un seul n'en a réchappé. À notre retour dans notre propre camp, nous espérions que ce fait d'armes nous vaudrait honneurs et promotions. Fatale erreur !

« Sans même parler de monter en grade, nous serions heureux d'avoir toujours notre tête sur les épaules. Comment aurions-nous pu prévoir que le général You s'attribuerait nos exploits et voudrait nous tuer pour nous faire taire ? Misérable est la condition du soldat ! Ses rations sont faites d'amertume et ses succès reviennent à d'autres ! S'il est défait, on lui coupe la tête ; et s'il est victorieux, c'est pareil !

— Nous allons voir ce qu'il en est ! » conclut Pao.

Il dépêcha un soldat-démon pour convoquer le général, qui arriva rapidement à l'audience. Le juge lui demanda :

« Comment un général réputé tel que vous a-t-il pu vouloir s'attribuer les exploits guerriers de neuf misérables soldats ? Si véritablement ces hommes n'avaient pas accompli les faits d'armes dont ils se targuent, il suffisait de les ignorer : pourquoi vouloir les exécuter ? Vous croyiez que les tuer les empêcherait de parler, mais vous n'aviez pas prévu que même sans tête ils pouvaient vous dénoncer. »

L'ordre fut donné aux soldats-démons d'appliquer à l'officier le supplice le plus sévère ; mais la simple menace en fut suffisante pour amener le général You à résipiscence.

« C'est en effet une grave faute contre l'honneur de ma part, je n'aurais dû ni usurper leurs mérites, ni les faire tuer. Je Vous supplie de me renvoyer sur Terre, je promets d'y honorer la mémoire de ces neuf soldats en les citant à l'ordre de l'armée. »

Le juge Pao répondit d'une voix pleine de colère :

« Ne pense pas un instant à retourner dans le monde des vivants ! Je te condamne à savourer dès aujourd'hui toute l'horreur des Enfers ! »

Immédiatement, l'un des soldats-démons força une pilule entre les dents du général, dont le corps prit feu d'un coup, la peau, la chair et les os se consumant en un instant et disparaissant en fumée. Le démon exhala alors un souffle maléfique sur le petit tas de cendres et le général reprit forme humaine. Affalé au sol, il supplia :

« Si j'avais su alors que je subirais de telles souffrances, j'aurais volontiers cédé ma place de général en chef aux hommes du rang ! Et c'eût été avec plaisir !

— Ô joie! ô bonheur ! s'exclamèrent les soldats qui avaient assisté à la scène, debout sur le côté. Jamais n'aurions-nous cru qu'en ce jour notre colère verrait enfin son exutoire ! »

Mais pendant qu'ils se réjouissaient ainsi, des hurlements gigantesques s'élevèrent à l'extérieur, accompagnés de pleurs et de plaintes ; les nuages s'assombrirent, le soleil se voila et le jour disparut. Les soldats-démons rendirent compte :

« Ce sont des habitants des régions frontalières qui se lamentent ainsi. Ils sont plusieurs milliers au bas mot !

— Faites-en rentrer quelques-uns, ordonna le juge. Les autres attendront à l'extérieur. »

Escortés par les démons, deux représentants de la foule vinrent s'agenouiller devant l'estrade du juge Pao, qui leur demanda :

« Quels sont donc vos griefs ? Parlez sans détours !

— Nous avons appris qu'en ce jour le Seigneur infernal entendait en audience le général You, expliqua l'un d'eux. Aussi sommes-nous venus spécialement pour dévoiler l'injustice dont nous fûmes victimes ! Nous sommes tous d'humbles sujets de l'Empire, vivant sur les frontières, cibles fréquentes des razzias des Barbares du Nord, mais cela n'était en fait que peu de choses ! Un jour les cavaliers barbares, une fois de plus, étaient venus pour tuer, piller et disparaître aussitôt. Le général You aurait dû se lancer à leur poursuite à la tête de ses troupes, mais au lieu de cela il fondit sur nos villages et nous massacra par milliers ! Et pire encore, pour pouvoir clamer victoire, il fit décapiter ses victimes et exhiba les têtes de nos parents et enfants comme celles des Barbares. Misère de misère ! Si ce n'est devant le Juge des Enfers que nous pouvons porter plainte pour cette indignité, alors où pourrions-nous le faire ?

— Si une telle infamie était avérée, alors le général You ne pourrait plus jamais se réincarner dans un corps humain ! » tonna le juge Pao.

Les sbires infernaux se saisirent du général et lui fourrèrent de nouveau une pilule dans la bouche. À l'instant, du sang jaillit, et le corps du général se recroquevilla, formant comme un tas de boue sale sur le sol du tribunal infernal. Encore une fois, un vent mauvais souffla, régénérant le corps du criminel. Les plaignants s'écrièrent :

« Réjouissances ! Mais même le supplice des dix milles blessures, infligé à une seule personne, ne pourrait compenser la perte de la vie de milliers de victimes. »

Le juge leur répondit :

« En effet, je tiens à souligner que vous avez été collectivement victimes des attaques barbares puis de la plus vile des trahisons, et que vous ne pourriez être assez dédommagés par la simple vengeance exercée sur le général You. Aussi vous assigné-je un nouveau rôle : vous serez désormais des mânes insatisfaits, affectées à la poursuite et au châtiment de tous les criminels et brigands. Les neuf héros ici présents, de par leur expérience militaire et leurs exploits passés, seront vos dirigeants. Si vous tous vous acquittez de cette mission avec honneur, j'interviendrai en personne en votre faveur auprès des divinités du Ciel et des Enfers. Quant au général, il endurera pour l'éternité les supplices des dix-huit Enfers. »

Sur ce, il prit son pinceau et rédigea son verdict :

« Je rends compte des faits suivants : pour devenir un grand général, il faut accomplir des exploits. Pour accomplir des exploits, il est indispensable de s'attaquer à l'ennemi et de l'exterminer. Mais le général You n'a pas lui même accompli les hauts faits dont il se targue, et, confronté à l'ennemi, a refusé de l'affronter. Cet individu sans mérites a fait exécuter des subordonnés pour s'approprier la gloire qui leur revenait et les faire taire. De plus, n'ayant pu chasser les Barbares, c'est à nos compatriotes vivant près des frontières qu'il s'en est pris, pour falsifier ainsi le décompte des têtes prises sur l'ennemi !

« Si en ce jour je fais exécuter le condamné You, cela ne suffira pas à compenser la vie des neuf valeureux soldats qu'il a injustement fait tuer, et encore moins celle des milliers de civils qu'il a fait massacrer ! J'en conclus que la mort est encore une punition trop douce ; il devra pour l'Éternité rester en Enfer.

« J'en ai terminé de ce rapport ; que le châtiment s'étende à tous ses enfants et descendants ! »

Le juge fit escorter l'ex-général You dans sa nouvelle prison au Royaume des Ombres. Puis il usa de toute sa persuasion pour encourager les soldats et les citoyens morts à la traque des brigands, bandits et malfaisants de tous poils. Les deux représentants repartirent alors, heureux et satisfaits de pouvoir se consacrer à leurs nouvelles fonctions de justiciers surnaturels.

5

L'affaire des clous

Où…

La solution d'un crime mène à la découverte d'un autre ;

Une épouse peut regretter d'avoir voulu aider son mari.

IL EST DIT DANS LA LÉGENDE du juge Pao que dans le cours de son affectation à la Capitale Orientale, il rétablit l'ordre et le calme, punit les traîtres et réprima le brigandage, jugea chaque affaire en son âme et conscience et ne souffrait pas que les affaires prissent du retard.

Au quinzième jour du premier mois de l'année inaugurale de l'ère Houang-You[87], le juge Pao et ses clercs se rendirent au temple du Dieu de la ville pour y brûler de l'encens à l'occasion de la cérémonie de la fête des Lanternes. Sur le chemin du retour, ils passèrent devant l'entrée de la ruelle du Stupa Blanc et y entendirent une ménagère pleurer son époux avec bruit. Mais le ton des cris semblait un mélange de

---

[87] L'ère Huang-You 皇佑 est la septième du long règne de quarante années de l'Empereur Renzong (qui compta neuf « ères » de longueurs inégales). Elle a duré cinq ans, de 1049 à 1054.

colère et de joie, sans qu'aucun sentiment de réel désespoir n'y perce. Le juge se dit qu'il y avait anguille sous roche et se promit d'investiguer plus avant. Rentré au *yamen* il convoqua le surveillant de quartier, un nommé Cheng Ch'iang :

« Pourquoi donc la mégère de la ruelle du Stupa blanc se répand-elle ainsi en lamentations ?

— Dans cette ruelle est mort hier Liu le Douzième ; c'est sa femme, originaire de la famille Wu, qui le pleure. »

La mort de ce Hsieh est éminemment suspecte, se dit le juge en son for intérieur. *Je crains que ce ne soit l'épouse qui ait ôté la vie au mari, sinon ses pleurs seraient empreints d'un plus authentique chagrin.* Alors il ordonna qu'on se saisisse de sa veuve et il l'interrogea séance tenante : de quoi son mari était-il mort ? La femme Wu répondit :

« Mon époux vivait d'un petit commerce d'épicerie. Il y a moins d'un mois il a contracté une pneumonie aiguë et en est mort hier. Il est enterré à l'Arche de cinq *li* à l'extérieur de la porte du Sud. Je me lamente parce que j'ai un petit garçon à la maison ; lui et sa mère n'ont plus personne sur qui s'appuyer. »

Le juge Pao l'écoutait en la regardant attentivement. Il remarqua que la veuve s'était étalé de la poudre sur le visage. *Elle porte les vêtements de deuil mais songe encore à se farder ?* Ses doutes grandissaient. Il chargea le contrôleur des décès Chen Shang d'escorter la veuve joyeuse jusqu'à la sépulture de Liu, de faire relever et ouvrir le cercueil et de vérifier que le cadavre ne portait pas de trace de blessure.

Le médecin rendit bientôt compte :

« Le corps est intact. La maladie est bien la cause de la mort. »

Mais le juge ne se satisfit pas de la réponse.

« Ah ! Je sais que tu tentes de dissimuler ton incompétence notoire, répondit-il en frappant son bureau du plat de la main. J'ai été indulgent jusqu'ici, mais si tu n'es pas capable de m'expliquer en moins de trois jours la raison exacte de la mort de Liu, tu peux t'attendre à moins de mansuétude ! »

Surpris et affecté par l'éclat de son supérieur, Chen Shang s'en retourna chez lui, les sourcils froncés. Sa femme, née Yang, s'inquiéta des raisons de son air soucieux et le légiste lui raconta l'ultimatum que lui avait posé le juge.

« As-tu regardé à travers le nez du cadavre ? lui demanda-t-elle.

— J'ai procédé moi-même à la mise en bière. Pourquoi diable aurais-je regardé dans son nez ?

— J'ai entendu dire qu'il était arrivé que des gens soient assassinés au moyen d'un long clou enfoncé dans une narine. Est-ce que ça ne vaudrait pas le coup que tu vérifies ? »

Chen Shang doutait quelque peu de la pertinence de cette proposition mais n'avait pas d'autre choix que de suivre ce conseil. Et de fait, ce n'est pas un clou mais bien deux qu'il découvrit, chacun enfoncé dans une des narines de Liu le Douzième, et ayant traversé toute la boîte crânienne. Il en retira un et se présenta au juge Pao avec cette pièce à conviction.

Le juge reprit aussitôt l'interrogatoire de la veuve Wu. Elle s'obstinait à nier farouchement. Il fallut recourir aux instruments de torture. L'effrontée avoua alors qu'elle entretenait une liaison adultère avec Chang le boucher, et qu'elle avait assassiné son mari de peur que celui-ci ne découvrît bientôt le pot aux roses. Ces aveux permirent au juge de boucler le dossier. Reconnue coupable, la femme Wu fut condamnée à être emmenée et décapitée en public, sur la place du marché. Le boucher s'était rendu coupable d'adultère avec circonstances aggravantes, même s'il n'était pas impliqué directement dans le meurtre. Il fut exilé dans une unité disciplinaire aux frontières. Une fois ces verdicts rendus, le juge laissa au responsable de l'administration du *yamen* le soin de les faire mettre à exécution.

*

De son côté, Pao ne se contenta pas de ce résultat. Il continua à interroger Chen le légiste :

« Qui donc t'a donné l'idée de vérifier la présence de clous dans le crâne de la victime ?

— Quand j'ai, suivant Votre ordre, inspecté le corps de Liu le Douzième, je n'ai d'abord rien trouvé. Vous m'avez alors enjoint de me débrouiller pour éclaircir ce mystère. Je suis rentré chez moi dans un état de profonde inquiétude; mais ma propre femme m'a aidé en me conseillant de chercher là où j'ai finalement trouvé l'arme du crime.

— C'est ton épouse qui a eu cette inspiration ? Elle n'est certes pas une ménagère ordinaire ! Amène-la moi, elle mérite une récompense pour son rôle dans cette histoire. »

Peu après la femme Yang, l'épouse du médecin, se présenta à l'audience. Le juge lui fit donner cinq ligatures et une bouteille de bon alcool. Elle se prosterna, tout heureuse. Mais au moment où elle allait sortir, le juge la rappela :

« As-tu épousé Chen Shang en premières noces ou bien es-tu remariée ?

— Votre humble servante s'est remariée avec le médecin Chen après la mort de son premier mari.

— Et quel nom portait ce premier mari ?

— Il s'appelait Huai le Petit Neuvième, répondit-elle.

— De quelle maladie est-il mort si jeune ? »

La femme du médecin pâlit sous les questions du juge. Les mots franchissaient désormais ses lèvres avec difficulté.

« Il a été frappé d'un accès de démence et est mort peu après. Sa sépulture se trouve dans le cimetière public de la porte du Sud.

— Les circonstances de la mort de cet homme me semblent tout aussi peu claires, » dit alors le juge.

Il dépêcha l'un des gardes, Wang Liang, que la suspecte dut guider jusqu'à la tombe pour retrouver le corps de l'époux décédé. Mais Mme Yang se disait : *il y a tout un tas de tombes à cet endroit, ça m'étonnerait quand même que chaque cadavre ait des clous enfoncés dans la cervelle !* Alors elle indiqua une sépulture quelconque au garde. Pas de trace de clou dans les restes du cadavre putréfié qui fut déterré. Et aucune trace de blessure n'était évidemment repérable.

La bonne femme dit alors en ricanant :

« Tout le monde prétend que le Seigneur Pao est plus perspicace que la lune d'automne, mais ce qu'il nous oblige à faire là est vraiment mortel ! »

Wang Liang sentait bien qu'il était mené en bateau mais n'avait pas grand argument à lui opposer.

Soudain, il vit s'avancer un vieillard de plus de soixante-dix ans, appuyé sur une canne, qui leur demanda ce qu'ils venaient faire en ces lieux. Wang s'empressa d'expliquer la raison de sa macabre activité. Le vieillard pointa alors un doigt tremblant vers la femme :

« Comment oses-tu désigner ainsi les sépultures d'autres que feu ton époux ? Tu troubles la quiétude posthume des ossements de tierces personnes ! Je te condamne, toi et toute ta descendance ! »

Puis en se tournant vers Wang Liang:

« Voilà la tombe de Huai le Petit Neuvième. »

Et à peine avait-il terminé qu'il disparaissait dans une bourrasque glacée. Wang suivit l'indication de ce qu'il comprit être l'esprit protecteur des lieux. Il déterra le cercueil, l'ouvrit, et trouva deux clous bien enfoncés dans le crâne desséché du cadavre. Le garde ramena la femme Yang au tribunal. Le juge Pao fut soulagé de savoir que son intuition avait été la bonne[88] : Yang n'avait pu confondre la femme de Liu

---

[88] Dans le cas contraire, le juge aurait pu être reconnu coupable de violation indue de sépulture, et aurait été passible de la peine de mort par strangulation, comme le rappelle van Gulik dans la postface de son roman mettant en scène le juge Ti, intitulé *L'énigme du clou chinois.* Les lecteurs amateurs d'histoires criminelles chinoises auront en effet reconnu dans le court récit qui précède le même procédé criminel que dans l'enquête portant sur *L'affaire du marchand assassiné,* l'une des trois entremêlées dans l'ouvrage du plus célèbre des sinologues Néerlandais (nous n'oserions dire des Néerlandais tout court...). Ce sont en effet plusieurs versions de ce cas criminel qui ont inspiré van Gulik, et en particulier celle ici traduite (via une version anglaise intitulée *The Double Nail Murders,* datant de 1881). La différence consiste dans « l'habillage » choisi par van Gulik, lequel a fait de la femme du médecin-légiste (ou 'contrôleur des décès') de son

que parce qu'elle avait elle-même usé de la même méthode pour tuer son premier époux. L'aide qu'elle avait apporté à la justice ne suffit pas pour atténuer la gravité ni de son acte, ni de sa peine ; comme l'autre meurtrière, elle allait se voir la tête détachée du corps.

Le verdict fut unanimement approuvé par les présents en salle d'audience.

---

récit, Mme Kouo, une femme de grande vertu qui a assassiné un premier mari très brutal mais regrette son crime et se suicide après avoir donné elle-même au juge Ti la solution de l'énigme. Van Gulik supprime aussi l'intervention de l'esprit qui permet au garde de retrouver la tombe, afin de diminuer la présence du surnaturel pour rendre ces récits plus « crédibles » aux yeux des lecteurs occidentaux.

Par ailleurs, il est à noter que les clous (des clous longs et très minces permettant la réparation des semelles de feutre) sont enfoncés à coup de maillet par le sommet du crâne chez le juge Ti, plutôt que par les narines ; à vrai dire, le récit original reste peu clair sur ce sujet, les deux possibilités étant présentées de façon incohérente. Nous avons choisi ici de privilégier la voie d'introduction nasale, qui nous semble plus propice à la dissimulation, et surtout plus facile à mettre en œuvre par un meurtrier féminin, car elle évite d'avoir à percer les os du crâne...

6

Doutes et décisions du Dieu de la Fortune

Où...

*Il apparaît que des questions
d'ordre social(iste) n'étaient pas forcément absentes
des préoccupations des anciens Fils du Ciel ;*

*Un Dieu porte quelques jugements peu flatteurs
sur l'espèce humaine et ses représentants les plus doués.*

UN PROVERBE DIT : « Avec de l'argent, vous pouvez obliger un démon à tourner la meule ». Quelle en est la signification ? Tout simplement, que ce que vous n'arrivez pas à obtenir vous deviendra subitement bien plus aisé si vous y appliquez les vertus d'espèces sonnantes et trébuchantes. Et autant dire que si vous arrivez à faire tourner une meule à un démon, ça ne passera pas inaperçu... Une autre version de ce proverbe est « La fortune peut vous faire obéir des dieux » ; et si les dieux vous obéissent, aussi inaccessibles et puissants qu'ils soient, alors les diables et les démons se plieront aussi à votre volonté.

Le fait est que dans le monde tel qu'il est de nos jours, seul l'argent a ce pouvoir. Les riches deviennent hauts fonctionnaires, les miséreux restent les pieds collés dans la glaise. Les richards profitent de leur bonheur, les pauvres souffrent et endurent. D'un côté, on vit, de l'autre, on survit à défaut de crever. De toute éternité, sans qu'on en sache la raison, certains semblent passer comme par magie par le trou des sapèques et jamais la fortune ne favorisera leur famille. Tandis que d'autres ne semblent accorder aucune importance à l'argent, mais celui-ci semble coller à leurs chausses.

La fortune, cette étrange créature, se comporte décidément comme un dieu capricieux : priez-la, suppliez-la, elle vous ignorera. Mais ignorez-la et elle viendra à vous d'elle-même.

*

À la capitale orientale vivait un certain Chang Tai-Chao qui avait clairement du vent entre les deux oreilles. Il ne montrait aucun intérêt pour l'argent mais semblait réussir à l'accumuler sans y prêter réelle attention, à tel point qu'il était surnommé Chang le Million. Son voisin était un certain Docteur Li[89], qui pétait d'intelligence mais pas dans la soie, vu que le peu d'argent qu'il gagnait de la main gauche il

---

[89] Ce titre 博士 *bóshì* ne désigne pas comme aujourd'hui un titulaire de doctorat, mais plus généralement un lettré ou savant et/ou un expert dans telle ou telle spécialité. S'il était Docteur d'État (进士 *jìnshì* ayant passé les examens du Palais), Li serait d'ailleurs mandarin et n'aurait probablement pas à se préoccuper de ses revenus...

le dépensait tout aussi vite de la main droite sans même comprendre comment. Et Li voyait Chang rouler sur l'or malgré ses capacités intellectuelles fort limitées, tandis que lui-même avait du mal à joindre les deux bouts. Il en conçut une telle amertume qu'il finit par en mourir. C'est pourquoi, une fois arrivé au Royaume des Morts il s'empressa de traduire le susdit dieu devant la cour infernale du juge Pao.

« Je dépose une plainte devant le comportement inique du dieu de la Fortune.

« Votre humble serviteur avait toujours cru en son for intérieur que si les grandes fortunes ne nous étaient accordées que par le Ciel, la petite aisance ne dépendait en revanche que de nos propres efforts. Mais il s'avère que si le Destin nous est défavorable dès notre naissance, jamais la Chance ne nous sourira par la suite ; et il faudra se contenter du très peu que nos mérites auront pu nous obtenir.

« Comment se fait-il que le chanceux ne sera jamais pauvre, et que sans même faire l'effort d'élever cinq poules et deux truies, il aura toujours en sa cuisine provisions grasses et succulentes ? Alors que celui, atteint de déveine, restera pauvre.

« Comme le dit le poème : *"À la seconde lune, il vend déjà la soie nouvelle ; au cinquième mois, sa récolte s'est fait la belle"*[90]. Quoi qu'il fasse, que l'année soit riche ou pas, il n'aura ainsi jamais suffisamment à mettre dans son bol ! Et puis : *"Après la pluie le*

---

[90] En référence à un poème de la fin des Tang qui décrivait la misère de la condition rurale. Les paysans devaient vendre le produit de leur travail à des conditions extrêmement défavorables, avant même que les vers à soie n'aient grandi ou que le riz n'ait poussé.

buffle laboure la verte campagne", mais seuls les riches possèdent un buffle, alors que les pauvres triment comme des damnés dans leurs champs infertiles pour en tirer une trop maigre subsistance ! Enfin : *"Quand la Lune brille, nul chien de garde n'aboie".* C'est vrai, mais cela nous fait une belle jambe quand nous n'avons ni molosse, ni aucun des plaisirs et biens précieux dont jouissent les riches et qui vaudraient la peine d'être dérobés !

« Alors qu'en ce monde les richesses sont réparties de manière aussi inique, pourquoi les dieux ne rétablissent-ils pas la situation ? De mon vivant déjà je trouvais cela incompréhensible, je supplie donc après ma mort qu'on me fournisse une explication. »

Le juge Pao acheva la lecture du document et demanda :

« Mais le dieu de la Fortune n'est autre que l'assesseur de Yama, Roi des Enfers, chargé de dispenser la vie et la mort. Comment voulez-vous que je le traîne en justice?

— C'est justement parce qu'il ne les dispense pas équitablement que je lui intente un procès.

— Comment, pas équitablement ?

— Non content de profiter de leur fortune, les riches peuvent obtenir toutes les charges officielles qu'ils désirent. Et même pourquoi pas, devenir des bouddhas ? Ils peuvent choisir de vivre ou mourir, à leur convenance ![91] Mais les pauvres, leur vie semble

---

[91] Passage qui semble peu clair : comment la richesse pourrait-elle décider de la vie et de la mort ? Le docteur Li fait en fait référence au fonctionnement de la justice, où il est bien plus facile de soudoyer les magistrats pour éviter les jugements trop sévères

n'être qu'un long séjour dans un cul-de-basse-fosse. Ils n'ont le choix ni du long ni du court, ni de leur vie ni de leur mort. Que sur terre de telles conditions humaines puissent coexister, n'est ce pas inéquitable ?

— Mais tout cela n'est pas du fait du dieu de la Fortune, argua le juge. Il ne se préoccupe pas des choses matérielles. Le manque ou l'abondance de biens matériels n'est conséquence que des actes et décisions de chacun.

— Permettez à votre humble sujet d'apporter la preuve du contraire. À la capitale orientale vit Chang le Million dont tout le monde s'accorde à dire qu'il n'a pas inventé l'encre. Et pourtant il est riche à ne savoir que faire de ses biens. Alors que tout le monde reconnaissait mon intelligence supérieure, je n'avais quant à moi pas un sou de côté. Si richesse ou pauvreté n'étaient du fait que de nos choix, le Docteur Li aurait au moins dû être un peu plus fortuné que Chang Tai-Chao. Voilà qui aurait été juste ! Je Vous supplie d'entendre Chang pour vous en convaincre. »

Ébranlé par ces arguments, le juge Pao dépêcha quelques sbires démoniaques pour ramener Chang le Million jusqu'au pied de son estrade.

« Chang Tai-Chao, comment as-tu pu faire fortune si vite en partant de rien ? Ne serait‑ce pas que tu as pour cela commis nombre de malfaisances et de malversations ?

— Hein ? Heu… non, non. Mais comme Votre humble serviteur ne sait pas compter, et ne veut pas

---

quand on a de quoi le faire… Voir plus loin, le verdict final du juge Pao sur cette épineuse question.

forcer le destin, il s'est contenté d'économiser un sou par-ci un jour, deux sous par-là le lendemain. »

Ce n'est pas encore très clair, se dit le juge. Aussi finit-il par convoquer en audience le fameux Dieu de la Fortune en personne.

« En tant qu'assesseur de Yama et Dieu de la Fortune, pourquoi faire preuve d'une telle partialité? Tu donnes un million à un crétin, et à un brillant érudit tu accordes si peu qu'il est même dans l'incapacité de se marier !

— Ce n'est pas de la partialité, c'est la justice même, répondit l'être divin.

— Comment ! Quelle justice est-ce donc là ?

— La justice des Enfers ! La fortune est une chose vivante qui influe sur le caractère des hommes. De certains elle peut faire des hommes de bien, mais elle peut tout aussi bien jeter les autres dans le mal. Et constatez par vous-même : qui, en ce monde, commet le plus fréquemment nombre de péchés ? Qui méprise les autres, qui les escroque, les blesse et les trompe ? J'en passe et des meilleures ! Ce sont les riches ! Ou plutôt : ce ne sont que les riches astucieux, car les simples d'esprit en sont incapables.

« Aussi n'accordé-je pas la fortune aux intelligents ni aux malins. Mais les idiots qui jour après jour cachent leurs sous à la tête de leur lit, n'oseront jamais les dépenser d'un claquement des doigts, et surtout pas pour faire le mal. Ils préfèrent thésauriser. Qualifiez-les de crétins, de radins, tant que vous voulez, c'est ce qu'ils sont en effet ! Mais oui, ceux-là, je les autorise à faire fortune

« Constatant que Chang Tai-Chao avait pour seule qualité le souci de l'économie, je lui ai accordé un million ; une cave entière pleine de sapèques ! Mais ayant découvert aussi que notre bon docteur Li était aussi sournois et avide qu'il était cultivé, je ne lui donne rien car de toute façon il le dépenserait aussi sec pour des causes inappropriées.

« Cela n'est-il donc pas de l'ordre de la justice ?

— Bien, bien, répondit le juge à ce flot de paroles. Moi aussi je déteste les individus cupides et dépensiers. Je vais infliger au docteur Li la punition suivante : les gardes infernaux vont lui arracher tous ses habits et il renaîtra une fois de plus dans la peau d'un célibataire à vie.

« Mais revenons à nos moutons : l'argent accumulé sans être dépensé, à quoi sert-il ? Car un tas de sapèques ne pourra pas être emporté à la mort ; ne vaudrait-il pas mieux que cette fortune soit distribuée aux gens du commun, pour que tout un chacun s'en serve selon ses besoins ? Nous éviterions ainsi la rancœur et les plaintes de la populace. D'accord pour que certains soient riches, mais il faut aussi secourir les gens dans la misère, et aider ceux qui pratiquent le bien. »

Il demanda donc au dieu de répartir différemment le trésor amassé par Chang Tai-Chao, en n'en lui laissant que le strict nécessaire. Puis il coucha ses instructions sur le papier :

«Ainsi en ai-je décidé :
« Attendu que le cœur de l'homme ne sait pas se contenter du suffisant et espère toujours le superflu ;
« Attendu que le Ciel a jusqu'ici disposé du superflu mais pas su compenser les insuffisances ;
« En ce jour je condamne le docteur Li à une vie de célibat, et j'ordonne que le nommé Chang Tai-Chao, pour éviter que désormais d'autres puissent

aussi s'interroger sur la partialité des décisions divines, soit débarrassé de son superflu ;

« Dorénavant : les gens du peuple continueront à penser que les grandes fortunes ne sont accordées que par le Ciel, alors que la petite aisance dépend d'eux-mêmes ; ceci afin d'assurer la paix civile, d'encourager le travail et d'éviter la cupidité.

« En contrepartie, ceux qui rendent la justice, sur Terre comme aux plus profonds des Enfers, devront cesser d'appliquer les jugements insensés du type : "Aux possédants, la vie, à ceux qui n'ont rien, la mort !"

« Ces décisions sont prises, là encore, afin d'éliminer les injustices et les récriminations, et d'éviter que le Ciel n'ait à se mêler de l'application des peines sur Terre. »

Le rapport achevé, il renvoya l'audience. Mais il garda le Dieu de la Fortune auprès de lui et lui dit :

« S'il existe des gens riches et intelligents qui répandent le bien autour d'eux, il faudra que tu augmentes leur fortune. À l'inverse, s'ils font le mal, alors empresse-toi de les en alléger.

— Mais la plupart des mortels ne brillent pas par l'intelligence », répondit le dieu. Les arguments du juge Pao ne semblaient d'ailleurs pas l'avoir beaucoup ému, car il conclut :

« Quoi qu'il en soit, la fortune ne vient pas juste à ceux qui la réclament. L'argent qu'on n'est pas censé obtenir, même si l'on a usé de tous les moyens et sué sang et eau pour l'amasser, il peut disparaître en une seule journée. »

Liste des illustrations

En couverture et 4ᵉ de couverture

- Statue d'un Juge des Enfers : dynastie Ming. Copyleft © Keith Schengili-Roberts (Auteur). Photo modifiée et reproduite sous les termes de la license *GNU Free Documentation License*. La photo originale peut être trouvée à l'adresse :
  http://commons.wikimedia.org/wiki/File:ROM-JudgeFigurines-ChineseGallery.png

- Photos des murs d'une demeure traditionnelle, de fers de forçats (deux boulets reliés par une chaîne), et d'un caractère en calligraphie « des nuages » figurant sur un talisman taoïste (dans un des boulets) : photographies du traducteur, prises à Pingyao (province du Shanxi).

- Toutes les autres photos et images utilisées sont du domaine public, ainsi que les quelques images à l'intérieur du livre.

  - Extrait d'une reproduction de la peinture *Le jour de Qingming le long de la rivière* 清明上河图, par Zhang Zeduan 张择端 (Dynastie Song, XIIᵉ siècle). Peinture conservée au Musée du Palais, Pékin.
  - Portrait officiel de l'Empereur Renzong (dans le second boulet). Peinture conservée au Musée national du Palais, Taipei.

Table des matières